朱夏

搖滾戀習曲

自序

第一次撰寫序，過去網路連載其他作品時，因為型式不同只寫過後記。序是一本書的起頭，過去我極少看序，有時甚至不看後記。自從自己開始創作小說後，才習慣把整本書從頭到尾讀過一遍。不曉得多少人拿起這本書會翻開這一頁。

如果曾在網路上注意過我的小說的人，也許會發現我寫的故事類型並沒有特別專注於某一種類別。我是個興趣廣泛的人，只要是想寫的故事，不管是什麼類型，就會有一股衝動想把它立刻寫出來。後來仔細思考，我的故事大多想探究的主軸總脫離不了「人性」。

寫故事也像是在養百樣人，故事裡不同的人就會有不同的人生階段和挑戰，角色的個性和生活環境將造就他不一樣的選擇和人生，這就是我著迷於寫作的原因。而本篇小說的兩大主角范又昂和沈超宇，一個處於夢想將至前的猶豫不安，另一個則是面臨夢想實現後的迷惘和失落。

我寫作時習慣將自己的一部分投射在角色中，而在撰寫這個故事時，也是我經歷了密集投稿與寫作的一年後完成的（兼顧工作與創作，一不小心就會陷入低潮）。因此沈超宇代表了我對於寫作最徬徨不安的時期，而范又昂則是我埋首寫作時對自己的期盼與鼓勵。或許是因為這樣，沈超宇的痛苦在我寫作時最感共鳴。而其他許許多多個角色，也分別置入了我對夢想堅持的心情（所幸我沒像故事裡的吉他手Moon為了堅定信念在自己的左耳打上耳洞，不然我恐怕十隻耳朵也不夠用）。

最後，由衷感謝一路上相信我可以實踐夢想並給予支持的人，以及給我機會將這篇故事讓更多人看見的秀威，還有拿起這本書的人。只有故事被看見的瞬間，才是一個作者站在舞台上的時刻。希望我（角色們）的演出，可以給更多人帶來感動與力量。

朱夏

Content

Prologue

錄影棚刺眼的燈光讓范又昂不禁瞇起眼睛，一登上舞台，耳邊馬上傳來觀眾激烈的歡呼吶喊聲。他擺出一貫開朗的微笑向觀眾們揮手致意。

「現在登場的是本次競賽的勝出者，同時也是演藝圈急速竄紅的閃亮之星——Dramatic Parade，由本名范又昂的主唱ＵＰ領銜參賽。

ＵＰ以清澈的嗓音、清新爽朗的外貌和創新的曲風，在網路上掀起熱潮，獨特的舞台魅力讓媒體讚譽他為音樂的魔術師。而他更為眾人所知的是，出身演藝世家，父親是知名金曲創作歌手沈仁傑，母親是前少女團體主唱范有蓉，哥哥更是當紅樂團Gas Mask的主唱Cosmos。

而今日在我們的Music Carnival音樂狂歡節他即將對上的勁敵是——」

情緒高亢的男主持人手一揮，指向舞台另一側，從升降台上出現四名男人，其中一人雙眼筆直地望向范又昂，他冷淡的神情讓范又昂剎那間胃部感到一陣劇烈翻攪。

「沒想到是真的，挑戰者竟然是……」站在范又昂身後的貝斯手Luke話尚未說完，台下觀眾從屏息注目中回神，爆炸般的呼叫聲響起遮蓋住他的話。

「登台的挑戰者就是Cosmos所領隊的Gas Mask，各位觀眾有福了，可親眼目睹這場兄弟廝殺，究竟這場對決將會由誰勝出？」

「小又，我們果真在舞台上相見了。」Cosmos，范又昂的哥哥沈超宇臉上浮現一抹意味深長的微笑。

第一章

分道揚鑣

1-1

演藝圈內人人稱羨的神仙眷侶——情歌王子沈仁傑和SSY主唱范有蓉傳出離婚消息，為十二年婚姻畫下句點。兩人育有兩子，據雙方友人指出，兩名兒子的扶養權可能將分別交由父母雙方各監護一子，分開扶養。實際情形，在截稿前尚未得到兩方經紀人的回覆。

「不用看了，新聞會比我們早知道消息嗎？我們可是他們的兒子耶。」沈超宇拿起遙控器關掉電視，拍拍弟弟沈又昂的肩膀催促，「已經十點多，趕快睡覺吧。」

「也對，外婆都在打瞌睡了。」沈又昂走到外婆面前，輕拍她的肩膀，將她喚醒。

外婆送兩兄弟回房間睡覺後關燈離去。

哥哥沈超宇鑽出被窩打開牆上的小夜燈。兩人睡的是上下鋪，沈超宇睡在上頭，而弟弟沈又昂則是在下鋪。沈超宇靠在欄杆上頭朝下問：「小又，你睡了嗎？」

「還沒。」沈又昂探出頭看向哥哥，露出不安的表情說：「哥哥，我今天可以跟你睡嗎？」

「都上小學了還要跟我擠。拿你沒辦法，上來吧。」沈超宇拉開棉被並靠向牆邊，挪出位置。

「哥哥，爸爸媽媽真的會離婚嗎？」
「大概吧，新聞都報了。」沈超宇語氣平淡，裝作一副冷靜的模樣。
「所以我們會被分開？」
沈超宇轉身面對牆壁閉上眼睛說：「很有可能。我朋友家父母離婚也是爸媽各帶走一個小孩。」
兩人沉默了一陣子，沈又昂再次開口問：「哥哥會想跟誰走？」
「爸爸吧。你還小，媽媽比較會照顧你。」
「那哥哥呢？」沈又昂抬起上半身看向哥哥，眉頭微蹙。
「我年紀比你大，所以沒關係。而且我要學習爸爸站在舞台上，成為宇宙無敵霹靂紅的歌手。」
「哈哈，哥哥會唱歌嗎？」
「當然，只是你沒聽過罷了。」沈超宇轉身對弟弟伸出手呵癢。
沈又昂彎腰大笑，接著說：「那等你站上舞台時，我一定會幫你加油。」
「嗯，我站上舞台，你就可以天天看到我了。」
沈又昂搖了搖頭說：「我不想只隔著螢幕看哥哥，我要和哥哥一起站上舞台。」
「學人精。好啊，那我們約好了，一定要一起站上舞台。」沈超宇伸出手和沈又昂勾小指約定。
過了一個月後，沈仁傑和范有蓉正式召開記者會公布離婚消息，如沈超宇所言，爸爸帶走身為老大的他飛往美國，而弟弟沈又昂則交由母親扶養。

1-2

Wake up!Wake up!
It's time to fight for your life.
Find the truth under the lies……

在一間家庭式小餐廳裡，一名年輕男服務生戴著耳機一邊哼歌一邊拖地。

一名女學生路過聽見歌聲停下腳步，發覺聲音來自餐廳裡，於是彎下腰穿過半開的鐵門。

「不好意思。」女學生輕拍男服務生的肩膀。

「Wake up!It's time to find a new way……」男服務生背對她，沒聽見她的聲音，繼續唱歌。

「不好意思！」女學生又喊了一次，但他依舊沒反應。女學生無奈之下，直接拿下他的耳機。

「嗯？」男服務生驚訝地挺起身，看著眼前的女學生，音樂從耳機內流洩出來。他拿下另一邊的耳機，因為自己的歌聲被聽見而尷尬微笑，「很抱歉，餐廳要休息到四點才會營業。」

女學生搖了搖頭，及肩的長髮隨之搖曳。她說：「我不是來吃飯的，我是來找你。」

「找我？」

「你也喜歡ＧＭ嗎？」女學生指向他的耳機。

「ＧＭ？喔，妳是說Gas Mask？」男服務生露出燦爛的笑容。

「對，我是他們的超級粉絲。我樂團的朋友也很喜歡他們，特別是ＧＭ主唱Cosmos，他的聲音超有磁性，而且還很會寫曲。聽他唱現場彷彿可以看到音符在飄動，就好像有魔法一樣，怪不得新聞都說他是音樂的魔法師。我超級喜歡他的。」女學生講到激動之處，臉上的表情變得十分愉快，手不停揮舞，男服務生看得忍不住笑出聲。

「我也是Cosmos的粉絲。」他回應，臉上卻不由得浮現尷尬的笑意。

女學生朝他伸出手說：「我叫做游茹璇，你應該也是我們學校的人吧？我記得曾經在社科院看過你。」

「對，我現在是經濟系三年級。」男服務生在圍裙上擦了擦手，和她握手。

「那你跟我同屆嘛。我是英文系的。你的名字是？」

「喔，抱歉我忘了說，我是范又昂。」

「其實我經常在下課時路過這裡，聽見你唱歌不少次。一直覺得你的歌聲跟Cosmos很像。」

范又昂難為情地搔著後腦勺。會像也是理所當然的，因為Cosmos就是他的哥哥——沈超宇。

「實際上事情是這樣的，我和我的朋友在學校組了個樂團，但是主唱的學長畢業後，一直找不到新成員遞補，不曉得你有沒有意願……」游茹璇解釋。

范又昂聽了慌張揮手拒絕：「我無法啦。我只是唱好玩的，組團那麼認真的活動找我適合嗎？」

「玩樂團就是玩好玩呀，開心最重要。我覺得你的嗓音很乾淨，聽了很舒服。我知道我突然找你很唐突，可是我們真的很需要人手。」游茹璇手緊抓著衣襬，面露期待地看著他。

「不好啦，我完全是素人耶。」范又昂怎麼想都覺得行不通。

「大家一開始都是素人呀，誰沒有開始？你想想嘛，都已經大三了，能瘋也就瘋這麼一回，為什麼不試試看？」

「我，這個……」范又昂聽了不由得有些心動。他確實是喜歡唱歌，但從沒想過要和人組團。畢竟組團就是要在眾人面前表演的吧。他心想。

Cosmos的歌聲不斷從ＭＰ３中傳出，迴盪在空蕩蕩的餐廳裡。

我能像Cosmos、像哥哥一樣在眾人面前唱歌嗎？我有這個資格嗎？范又昂舔了下唇，陷入沉思。

游茹璇見他一臉猶豫，又接著說：「我們樂團很輕鬆的，只不過要參加下學期的金音獎，所以團練會多一點。」

「金音獎？別開玩笑了，我不可能參加金音獎。」范又昂聽到金音獎三個字剛才的猶豫瞬間煙消雲散。

「怎麼不可能？」

「因為那可是超大型的比賽耶。雖然只是校際比賽，但是有多少名藝人從金音獎出道。那麼盛大的比賽，我不可能參加。」

「為什麼不可能？我看你剛才明明遲疑了。」游茹璇朝他靠向一步。

「該怎麼說……我從來沒在別人面前唱歌，有也頂多是ＫＴＶ那種程度而已。」范又昂搔了搔後腦勺。

「凡事都有第一次，你不跨出去又怎麼知道自己不行？」

「我明白你們的處境，可是我真的沒辦法，況且我現在還在打工。」范又昂指向後方廚房的方向。身兼廚師的老闆正在瞪他。

「沒關係！你幾點下班，我再來找你。」游茹璇不死心地握起拳頭，一副充滿幹勁的模樣。

「這個……」范又昂看著她，表情有些困擾。他並不希望下班還要被人糾纏，尤其是像游茹璇這種過度活潑的女孩子，他實在不擅長應付。

「又昂他今天九點下班。」老闆似乎是看不下去了，於是開口幫他回應。

「老闆，你怎麼出賣我？」范又昂轉過身皺眉看向老闆。

「誰叫你上班給我打混。」老闆發出「哼」的一聲不理會范又昂的埋怨。

「好，我知道了，謝謝老闆。我九點再來！」游茹璇向老闆點頭後轉身離開，離開時還忘記鐵門沒全開，不小心撞到額頭，尷尬地傻笑離開。

「再怎麼緊張也不至於這麼蠢吧？」老闆搖了搖頭。

「緊張？」范又昂疑問地抓了抓臉。他完全看不出來游茹璇哪裡緊張了。

「你太不會看人了。我看她來過好幾次，她也常來店裡用餐，但大部分的時候都是來找你吧。過了這麼久才鼓起勇氣向你搭話，你沒看見她跟你說話時，手握著衣角抓得有多緊。大概真的很希望你加入。」

「我加入樂團就沒時間來這裡打工了。」

「傻小子，你待在我店裡唱歌自娛，還不如到更適合的地方展現自己的能力，這哪裡不好？反正你工作老不正經，我正好可以換人。」老闆打趣道。

范又昂聽了只好苦笑。

他關掉口袋裡的MP3繼續幹活，忽然想起以前和哥哥的約定，要在舞台上見面。在父母離婚後，哥哥沈超宇沒多久就和父親去美國洛杉磯生活，而他也換成了母姓。在他小學五年級的暑假，哥哥才又一度返回台灣。

分離了三年，一直以電子信件來往，但在那次見面時，兩人突然感覺到一股生疏感。長大的哥哥過去的稚氣已經完全看不見，嗓音也開始變粗，彷彿換了個人。

分處在不同的生活圈、相異的語言環境，有些話比起寫在紙上，面對面表達的氛圍又是另一種感覺。很多想講的話，一到嘴邊卻怎麼也吐不出來。

「哥哥還有想當歌手嗎？」那時他不曉得該說什麼，劈頭就是這句話。

「嗯，現在和爸爸學彈吉他和作曲。」

「哥哥真厲害，英文也變得很流利了吧。」他對兩人間的隔閡感到焦慮，只能說一些不著邊際的話。現在想起來那些話太客套，好像一道隔離的圍牆。

「在美國讀書，一定要會英文。」
「感覺哥哥像是不同世界的人了。」
「你想太多。」沈超宇動作不自然地舉起手，輕輕搥了范又昂的肩膀。
他赫然瞥見哥哥手臂內側一道深紫色的瘀青。兩人無語陷入沉默。
范又昂想起他們這次見面前一年，哥哥曾經突然自國外打來一通電話。
「爸爸，他有時候會帶一些沒見過的女人回家，喝醉的時候會打我，我覺得好可怕、好痛苦……我果然還是想回台灣。」
哥哥語帶哽咽的聲音，他從來沒忘記，更沒忘記自己逃避了哥哥的痛苦。
那通電話之後，兩兄弟的交集急驟下滑。
時間和空間的距離，終究對兩兄弟的感情產生間隔。在那次見面後兩人間通信往來的次數漸漸減少，最後一次見面是沈超宇返台讀大學的時候，和上次相見又隔了兩年，本來年齡差距就不算小，這次相見就真的一句話也說不出來了。
後來見到他已經是在電視螢幕上。看著在舞台上發光發熱的沈超宇，范又昂對哥哥多了一層崇拜，同時也加深了一層距離感。

1-3

晚上九點半，范又昂換下服務生的制服走出店外，這時客人只剩小貓兩三隻，秋日夜風微涼，街上也沒幾個人。當他轉身要往公車站走時，突然有人從身後拍了一下他的肩膀。

「哈囉，打工辛苦了。」

轉身一看游茹璇就站在眼前。

「妳還真的來了。」范又昂露出煩躁的表情。

「我說過我會來啊。」游茹璇緊抓著肩上的揹帶。正如老闆說的一樣，她確實很緊張，只不過是強裝出開朗大方的模樣。這讓范又昂不忍心直接趕她走，雖然半天下來的工作讓他感到很疲憊。

范又昂尷尬地摸了一下脖子，想辦法讓她別那麼緊張。他注意到她背後巨大的袋子，隨後問：「妳肩上的是吉他？」

「是啊。我在我們團裡是吉他手。」

「吉他啊……好久沒彈了。」范又昂不由自主地開口說，但見游茹璇發光般的雙眼馬上又後悔給她繼續交談的話題。

「你會彈吉他嗎？」游茹璇靠向前問，或許是因為談及自己的興趣，所以她看起來放鬆不少。
「國小開始學的，但已經有一兩年沒彈過。」
「可以彈給我聽嗎？什麼歌都可以，啊，如果你不方便也沒關係。」游茹璇慌張地揮了揮手，似乎是擔心范又昂會生氣。
「好啊。」范又昂看她慌忙的動作有些好笑，加上自己確實有點懷念彈吉他的觸感，忍不住就答應了。
「也是，你才剛下班應該急著回家吧。」游茹璇太過緊張，一時之間漏聽了他的回應，一股腦兒認定他會拒絕。
「我是說『好』。」范又昂又重複了一次。
「啊？你是說你答應了？」游茹璇吃驚地將手舉高擋在嘴前。
范又昂點了點頭。
「那我們到學校商院的中庭好了，那裡有椅子可以坐。」游茹璇興奮地快步往學校走去。
兩人來到學校中庭，四周昏暗只有微弱的路燈，夜晚天涼也沒幾個學生逗留。
游茹璇解下自己背後的吉他，打開袋子把吉他交給范又昂。
范又昂握著吉他，吉他傳來淡淡的木頭香。他一直很喜歡這種味道。
該彈什麼好呢？他輕撫著琴弦，輕咳了幾聲，開口輕聲哼著沒有歌詞的曲子，修長的手指撥動琴弦，發出乾淨清朗的樂音。

游茹璇坐在他對面搖著頭打節奏，沉醉在悠揚的歌聲和吉他的曲調裡。幾名路過的學生坐在遠離兩人的石階上靜靜豎耳欣賞。

范又昂輕撥琴弦收尾。他望向游茹璇，但游茹璇卻毫無反應。

「呃……彈完了，妳至少也給點反應吧。不然我有點尷尬。」范又昂抓了抓頭髮。

「嗯，喔，抱歉。我聽得太入迷了。」游茹璇臉頰發紅，笑著說：「你的聲音真是太好了。完全就是我想要的聲音，不，是我們樂團想要的聲音。」

「太誇張了，我剛才甚至沒唱出歌詞。」范又昂苦笑。

「說到歌詞，這首歌叫什麼名字？我沒聽過，但是旋律很輕快，很容易映入腦裡。」

「這是我隨口哼的，所以沒有名字，也沒有歌詞。」范又昂一臉難為情地捏了捏肩膀。

「開玩笑吧？你即興來的？」游茹璇吃驚之餘，聲音拉尖。

「噓！小聲點。附近是宿舍。我真的只是即興演出，沒必要騙妳。」

游茹璇愣了半晌，倏地站起身向著范又昂九十度彎腰，大聲喊道：「拜託你，務必加入我們！」

「妳這樣我有點困擾……」范又昂注意到路人的目光，不禁又是苦笑。

「可是以你的能力，不站在舞台上實在太可惜了。你是喜歡音樂的，我聽得出來。」游茹璇保持彎腰的姿勢。

范又昂起身拿起吉他握住游茹璇的手，把吉他還給她。

「謝謝妳的吉他。也謝謝妳來邀請我，我喜歡音樂，但那是過去的事了。我現在已經大三了，不想花時間在玩樂上。很抱歉，我必須拒絕妳。」

游茹璇抬起頭時，范又昂已經往校門口的方向離去。

「如果是真正喜愛的事，不管到了幾歲、在什麼階段，都應該要努力去追求啊。追求夢想，又怎麼能說是玩樂？」游茹璇對著他的身影大喊。

范又昂不做任何回應，頭也不回地離開。

#

位在各大企業匯集的商業區，紅、橙、黃閃爍的車燈川流不息。

一名打扮高雅的ＯＬ站在馬路邊低頭看著手錶。

「思琦，在等人嗎？」從大樓後方出來一名男同事向她搭話。

「對。」她露出客套的微笑。

「妳不是半小時前就先下班了？」

李思琦尷尬地撥弄頭髮，露出潔白迷人的後頸，不自然地笑著說：「剛才去辦點事情，所以先下樓，事情辦完了就在等人。」

「今天打扮這麼漂亮，是等男朋友嗎？」男同事露出打趣的表情。

李思琦沒回答只是苦笑。

「好吧，那我先回去了。天色暗，妳要小心喔。改天一起吃中餐吧。」

「好，明天見。」李思琦客套地點點頭，目送同事離開。

同事離開不久，一輛機車停在她眼前。

「呦，李思琦穿這麼漂亮是想要讓人搭訕嗎？」騎士拿下安全帽看著她。

「還不是誰讓我等這麼久。」李思琦鼓起臉頰走向前，不久又笑出聲。

「剛才老闆不放人，都不知道我有多急著想來見妳。」騎士戴著一副黑色的粗框眼鏡，伸手握住李思琦的手。

「波斯菊，紅了老闆當然不放你走。現在GM可是搖錢樹，是我也不放你。」

騎士笑著，推了一下臉上的眼鏡。他就是現在當紅樂團Gas Mask的主唱——Cosmos，本名沈超宇。

Cosmos一詞的意思最普遍人知的是波斯菊，但另有一意為『宇宙』。

「既然知道妳男人是紅人，還不快把握可以獨佔我的時間。」沈超宇露出一抹得意又淘氣的笑容。

「好啦。要是停留太久，不小心被人抓到有大明星在這裡就麻煩了。」李思琦說著接過他手中的安全帽時，沈超宇伸手攬住她的腰，另一手捧著她的臉頰朝她的唇深深一吻。

「多久沒見面了？」沈超宇在她耳邊笑著問。

「三個月了。傻子，要是被拍到怎麼辦？」李思琦用拳頭輕輕撞了他的腹部。

「我有偽裝呀。」沈超宇推了一下眼鏡，臉上浮現大男孩的稚氣笑容。

「至少戴個口罩吧。」

「戴口罩就不能親妳了。」

「呆子。」李思琦又敲了一下沈超宇的頭，戴上安全帽坐上後座。

兩人騎車到李思琦租的公寓大廈。

「要是知道你今天突然要來，我就先買好菜了。家裡現在可沒什麼食材可以煮。」李思琦挽起袖子走到廚房。

「我不挑食，什麼都行。不介意的話我也可以煮。」沈超宇打開冰箱拿出了雞蛋和冷凍豬肉，「或許來煮盤蛋包飯。」

李思琦從他背後抱住他，頭緊靠在他的肩上。

「怎麼突然撒嬌了？」沈超宇握住她的手側頭看她。

「沒事，只是看到你出現在家裡才發覺真的很久沒見面了。」

「晚一點再煮飯吧。」沈超宇關上冰箱轉過身抱住她，親吻她的脖子。

「抱歉，讓妳感到孤單。」沈超宇躺在床上側身抱著李思琦。她的長髮披散在他的肩膀上。

「沒辦法，你有你要忙的。」李思琦輕捏了一下沈超宇的臉頰，表情卻有些寂寞。

「早知道就不玩樂團，好好讀書當個上班族，出門還可以讓妳幫我打領帶。」沈超宇笑著親吻她的指尖。

「別說笑了，你是喜歡音樂的，辦公室哪坐得住。」李思琦抽開手，推開沈超宇的臉頰，故作賭氣的神情。

「我現在已經不清楚我是不是真的喜歡音樂了。」沈超宇望著她，表情認真。

「怎麼這麼說？不是最近要開演唱會了嗎？」李思琦坐起身吃驚地看著他，「你只是太忙了，所以才感到迷惑吧。」

「開始覺得現在做的音樂不是我想要的，像是迎合粉絲的喜好而已。當年出道時，新聞媒體給我冠了個音樂魔法師的稱號，現在我卻覺得魔法失靈了。」

李思琦望著他露出擔心的表情。

沈超宇趴在床邊，注意到衣櫃角落擺放的木吉他，開口道：「妳一直留著那把吉他啊。」

李思琦轉向同方向，爬起身拿起吉他坐回床上。

「你留在這裡的東西，我當然還保留著。以防你在我家突然想創作。」

「平常見面的時間都不夠了，哪會想作曲。」沈超宇坐起身攬住李思琦的腰，把頭靠在她的肩膀上，「現在作曲好累，我可能再也寫不出曲子了。」

「好了，別說這種喪氣話。你只是受到太多矚目感到壓力，吃飽就不累了。」李思琦吻了他的臉頰，爬起身把吉他放在床邊走去廚房。

沈超宇趴在床邊撥弄著琴弦，眉頭不禁皺起。

「那我們約好了，一定要一起站上舞台。」

當年自己說的話總是不時浮現在腦海中。

「別說是站上舞台，我們兄弟不早就四分五裂了嗎？」沈超宇仰頭盯著天花板發呆，聞到廚房傳來的菜香，翻身下床。

走出房間前，他瞥見書桌上擺了一張封面細緻的卡片，拿起來看是一張喜帖。

她周遭的朋友已經到了這個階段了嗎？沈超宇摸了摸脖子把喜帖放回原位。

一出房間，就看見李思琦炒菜的背影，於是從她背後握住她的手開始炒菜。

「怎麼？嫌我炒得不好嗎？」李思琦側臉瞧他，撇嘴一笑。

「只是看妳替我煮飯的樣子特別有魅力，所以忍不住想把妳娶回家，讓妳天天幫我煮飯。」

「傻瓜，大明星結婚身價就會下滑了。」李思琦俏皮地嘟嘴。

「為了妳，我可以不當大明星。」沈超宇吻了她的臉頰說。

「最好是啦。你這個小騙子。」李思琦吟吟一笑。

1-4

「老闆，我先下班了。」范又昂結束星期五的打工，換下服務生制服踏出店門口，一道熟悉的身影從旁邊躍了出來。

「又是妳，我說過我不加入了吧。」范又昂皺眉瞪向游茹璇。平時好脾氣的他很少對人發脾氣，但經過這十幾次的騷擾，讓他無法再保持沉默。

「對不起，我知道你不想答應，但是至少來看過我們的樂團再考慮，好嗎？」游茹璇有些膽怯地向後退，手上拿著耳機似乎有意要讓他聽。

「我說過我沒興趣了，更不想聽你們樂團的演奏。我很累，沒空理妳。」范又昂轉身要繞過她，可是對方卻死守在前方，硬是不讓他過。

「嘖，妳臉皮怎麼可以這麼厚？」

「自從聽過你彈吉他唱歌後，我知道你就是最適合的人選。你分明是喜歡唱歌的，如果你不喜歡唱，我也不可能強求。我是真心想看看你站在舞台上會是什麼模樣。」游茹璇篤定地直視他的眼睛。

「抱歉，我還是拒絕。」范又昂按住她的肩膀，將她往旁邊推去，逕自朝學校的方向前進。

「拜託，至少聽過我們的歌再決定。」游茹璇尾隨在後方，隨著他過馬路。

范又昂對她的話充耳不聞，拉上兜帽大步往前走，眼下綠燈瞬間轉紅。他過了馬路後，聽見身後傳來刺耳的煞車聲和叫罵聲。

「過馬路看路行不行？紅燈了耶。」

「對不起，我沒注意到。」游茹璇慌張撿起落在地上的包包，爬起身腳步一拐一拐地前進，從她的手心還可以看到擦傷的粉紅色血跡。

范又昂站在對面嘆了口氣，看著狼狽走向自己的游茹璇，背朝後蹲下，說道：「我揹妳吧，送妳去保健室。」

「可是……」

「快點，我保持這姿勢很奇怪。」范又昂瞥了一眼盯著他瞧的路人。

「抱歉。」游茹璇靠向前抱住他的肩膀，之前才被他狠狠拒絕，現在卻要仰賴他行動，感到十分難為情。

「包包給我，我幫妳拿。」

「這樣很不好意思。」游茹璇眉頭微蹙。

「妳揹著包包我更不好揹妳吧。」

「對不起。」游茹璇小聲說著，將包包交給他。比起先前強硬要他加入樂團時的態度，游茹璇瞬間收斂不少，講話變得唯唯諾諾。

「抱緊囉。」范又昂一肩扛著游茹璇的包包，並將她揹起。

「不好意思，最近天氣變冷吃得比較多，可能會有點重。」游茹璇靠著他的肩膀說。

她的話讓范又昂嘴角不禁上揚，接著開口說：「妳的體重倒是還好，不過妳的包包怎麼可以這麼重？是裝了磚頭嗎？」

「類似，是牛津字典。」游茹璇垂下頭。

「牛津字典！現在不是有電子辭典嗎？」范又昂驚嘆。

「因為我的電子辭典不小心被我摔壞了，抱歉給你添麻煩。」

「不要一直道歉，妳會受傷我也得付一半的責任吧。」

「沒有，是我自己走路沒看路。」

游茹璇像是做錯事的小學生一樣，露出一臉可憐相。這讓范又昂更感內疚。

「不管怎樣，要是我放著妳不管，一整天會因為罪惡感而難受。所以不要再說對不起。」

「嗯……」游茹璇低頭陷入沉默。

范又昂送游茹璇到了保健室，保健室老師檢查後確定是扭傷腳。

「我先去上課，妳慢慢休息。」范又昂向保健室老師點頭敬禮後離開。

「真是不錯的男朋友。」保健室老師咯咯笑著。

「不是啦。只是認識的同學而已。」游茹璇不好意思地抓了抓臉頰。

#

自從游茹璇出了小車禍後，范又昂整整一週沒再見到她。

「那個小女生沒來了啊？」老闆從廚房出來問。

「對耶，好久沒看到她了。」一旁同為服務生的同學附和。

「大概是不好意思再來煩我了吧。」范又昂穿上外套揹起背包準備下班。

「有這麼可愛的小女生找我，我絕對不會拒絕。人家這麼有心，你這樣就太絕情囉。」同學吐槽。

「有心？最後還不是放棄了。」范又昂苦笑。確實這些天沒見到游茹璇心裡有種悶悶的感覺，原因卻說不上來。

「喂，老闆外面有人在彈吉他唱歌耶。」另一名剛走出店門下班的同學又折返回來。

該不會是……范又昂這麼心想著，踏出店門外一看，游茹璇就站在店門口自彈自唱，而她腳踝上那一大團白色紗布十分顯眼。路過的學生無不駐足觀看。

她的聲音聽起來很青澀，氣有些不足，有時候唱到高音處感覺有點吃力，但清新的嗓音卻很吸引人。

「其實好滿好聽的啊。」同學笑著輕拍范又昂的肩膀。

「好聽歸好聽，但是騎樓都塞住了。范又昂，快把你女朋友帶走。」老闆揮了揮手趕人。

「她才不是我的女朋友。」范又昂煩躁地摸了摸脖子，伸手拉著游茹璇的手離開餐廳。

「啊。等一下。」游茹璇甩開范又昂的手。

范又昂臉色難看轉過頭看她，只見她搖搖晃晃地單腳站立，受傷的那隻腳沒了鞋，而鞋子正落在半路上。

范又昂自認是自己不對，於是扶著她的肩膀走到一旁停放的機車，讓她暫時坐在上面，自己則小跑步撿回對方遺落的鞋子。

「腳。」范又昂蹲在她面前說，接著幫她把鞋套上。

「不好意思。」游茹璇羞赧地摸摸瀏海。

「先把吉他收起來吧。抱歉，我不該這麼強硬。」范又昂別過頭抓了抓後腦勺。

「沒關係，是我自己不對。」她搖頭。

「腳都扭傷了還來店門口站崗，我真是服了妳。」范又昂雙手抱胸嘆了口氣。

「我只是想試過所有的方法，不然我無法說服自己放棄。」

范又昂嘆氣回應：「為什麼這麼堅持要找我？我相信能唱的人絕對還多的是。」

游茹璇搖頭說：「不一樣，我就沒辦法像你一樣歌聲很乾淨。我的肺活量沒那麼好。」

「是這樣沒錯，但妳的嗓音挺好的，剛才也有不少人停下來聽。」范又昂老實稱讚。

游茹璇聽了忍不住低下頭繼續說：「自從第一次聽見你唱歌時，我就在想要是能跟這個人一起站上舞台表演那該有多好、能替這樣的歌聲伴奏會有多令人興奮。」

范又昂沉默了半晌開口說道：「剛才那個曲子是你們樂團的嗎？」

「對，是我們的團長寫的。他是大四的學長，Floating就是學長在大一時組成的團。」

「Floating？」范又昂對這新名詞感到遲疑。

「啊，我是不是一直沒提過我們樂團的名字？」游茹璇瞪大眼睛做出詫異的表情，「我還以為我說了。我找了你這麼多次竟然一次也沒提過！」

范又昂點了點頭，看了她吃驚的表情不小心笑出聲。

「真是慚愧，怪不得沒辦法說服你。」游茹璇看著地面喃喃自語。

「Floating的意思是？漂浮？」

「對，團長說是意指漂浮的音符。沒有音樂的時候，我們就像是沉入水面下，聽不見聲音，有了音樂就可以在水面上自由自在地漂浮。大概是這個意象，抱歉我不是很會解釋。」

「不會，這意象挺好的。」范又昂莞爾。

「果然我在店門口唱歌給你們添麻煩了吧。真的很抱歉，我只是想讓你聽聽看我們團的歌。下次我會挑晚一點，沒什麼客人的時候。」

「不了，那只會吵到附近的住戶吧。」范又昂苦笑。

「今天打攪到你真的很不好意思，我下次再來。」游茹璇難為情地把吉他收回袋子裡，揹起吉他從機車上下來。

「妳下次可以不用來了。」范又昂搔著頭說。

「可是……」游茹璇一時之間想不到什麼理由，呆愣愣地望著他。

「我的意思是，我會去聽你們樂團演奏。」

「你是說真的？」游茹璇問。

「對。妳是不是習慣同個問題要問兩次？」范又昂看著她，臉上浮現笑意。

「我只是需要多一點時間確認。」游茹璇傻笑。

「妳待會兒要去哪裡？」

「我要去外語學院上課。」

「來，吉他給我。外語學院在山上，妳揹著吉他很難走路吧，我陪妳過去，反正我現在沒課。」范又昂朝她伸出手。

「謝謝，抱歉麻煩你了。」游茹璇把吉他交給他。

「如果站不穩的話，我手臂借妳。」范又昂伸出右手，游茹璇不好意思地抓著他的袖子，兩人緩步往學校走去。

#

當週六，范又昂依約到了學校的藝文中心。他第一次知道原來學校有提供給音樂性質的社團練習用的教室。

「怎樣？有什麼感想嗎？」擔任貝斯手兼團長的Feather在演奏完後問道。

「曲風很特別、很輕快。」范又昂簡短評論。和一般學校純粹玩票性的樂團相比，Floating的演奏稱得上專業，但和市面上出道的樂團比較則略顯青澀，然而卻因此多了一股樂在其中的自由奔放，和團名的意象十分相符。

「那你想不想加入？」游茹璇面露焦急。

「我、這個……」范又昂有些猶豫。

「等等，光是讓他聽我們表演，我們也該聽一下他有多少能耐吧。」鼓手Jackson雙手抱胸瞪著他看，「光是聽小茹講，我們哪知道他是不是我們要的人？」

「Jackson，你的話太直了啦。」游茹璇慌張地說。

「小茹，Jackson說的沒錯，我們三人只有妳聽過他唱歌，他聽我們，我們聽他唱也沒有什麼奇怪的。」Feather聳肩說。

「好，沒問題。」范又昂聽對方的話有些挑釁意味，竟忍不住一口答應。

團長見他回答得爽快，拿起一旁的無線麥克風扔向他。

「喂，要是我沒接好你要負責賠償修理費嗎？」范又昂匆忙接住麥克風。

「小茹說你喜歡Gas Mask，那就用他們的歌來試試如何？」

Jackson說完話，不等范又昂回應就已經拿起鼓棒開始打起節奏。一聽到這個旋律，范又昂知道那是Gas Mask第二張專輯的主打歌，光那首歌就強佔新曲銷售排行榜四週冠軍。

聽見熟悉的旋律，范又昂不由得腳下打起節拍，麥克風一開嗓子就像是已經等待了許久一般，連開嗓也不用，聲音自然而然地從口中躍出。

流暢而自在的歌聲飄散在整間教室，鼓手Jackson聽到他的嗓音，手上的鼓棒愈敲愈快，情緒激昂了起來。Feather和游茹璇互看了一眼，露出愉快而滿意的微笑，更加賣力彈奏，亢奮的音樂節奏瞬間渲染了在場所有人。

輕快又帶有爆發力的演奏加上范又昂饒富磁性的嗓音，門口不知不覺就聚集了幾名經過附近的學生，傳來細碎的交談聲。

在范又昂忘我地投入演唱時，Feather突然停下動作朝另外兩名成員使眼色，所有演奏瞬間嘎然而止。唯獨范又昂尚未察覺，依舊沉浸在演唱裡。

游茹璇走到前方，對范又昂露出微笑，他才發覺演奏早就停止了，茫然地閉上嘴。游茹璇轉身打開大門，門外竟聚集了十幾名學生。在週末人煙稀少的校園竟然可以匯集這樣的人數。

團長Feather率先拍手，聚集的學生也跟著鼓掌叫好。

「你看看，你是不是很享受在演出呢？」游茹璇對他露出燦爛的笑容。

范又昂伸出手臂擦去額頭上的汗水，面露苦笑。他不得不承認聽到掌聲的瞬間，自己的心飄浮了起來，完全被游茹璇說中了，他確實很享受在歌唱之中。

「所以，你是加入不加入？」Feather面露微笑看著他。

范又昂轉頭回以開朗的笑容。

第二章

緋聞

2-1

沈超宇揹著吉他走進練團室裡，其他三名成員早就在一個小時前就抵達練團室待命了。

「喔，大忙人，現在才出現？」貝斯手Poison狠狠瞪了他一眼。

「抱歉，睡過頭了。」沈超宇戴著眼鏡打了個呵欠，他確實是在李思琦家不小心睡到忘記時間。

「Cosmos，你睡過頭一兩次就算了，但這回已經是第六次了。」團長兼吉他手的Mask忍不住唸他。

「巡迴演唱會已經迫在眉睫，你認真點行嗎？」經紀人阿湯哥走到他面前責罵。

「好好，下次會早點起來。」他雙手插口袋，一臉滿不在乎的模樣。

「喂，你別太過份喔。」Poison扔下貝斯向前跨了一步。

「是呀，Cosmos，我是很尊敬你，但你現在的態度好像不把ＧＭ放在眼裡。」鼓手Doubt附和道。

「不放在眼裡，我還會來嗎？」沈超宇也沒生氣，表情依舊平淡。

「好啦，別吵了。既然人都到齊，就開始練吧。」Mask身為團長也只好充當和事佬勸架。

#

范又昂在初冬的寒風中抵達學校練團室。自從答應加入Floating之後，他辭去打工，除了平日晚上固定幾次的練習外，週六早上自然也是割讓給樂團。

一早七點到校，就連他大一時也沒這麼認真早起過，雖然累但卻樂在其中。

走進練團室前，就聽到室內傳來交談聲——

「ＧＭ的Cosmos是沈仁傑的兒子？我現在才知道。」游茹璇語氣吃驚。

「小茹不知道的事還很多呢！」團長Feather笑著說。

「以前他剛出道媒體就有人在提了。只不過這次Cosmos爆出緋聞，所以又被拿出來講。畢竟他父親是出名的花花大少。」鼓手Jackson說。

范又昂站在門外踟躕不前。

「那Cosmos的母親不就是范有蓉？父母是俊男美女，怪不得Cosmos長得帥。」

「小茹，妳少犯花癡了。」

「我才沒有！我是喜歡音樂不是臉！」

「我說呀，阿又那傢伙是不是Cosmos的弟弟？你們想想他長得不是神似Cosmos嗎？聲音也很像。而且我很久以前就聽說過經濟系有明星的兒子，阿又不就是經濟系？」Jackson又說。

「對耶，而且范這個姓氏也不算大姓，如果只是剛好又未免太湊巧了。」Feather附和。

「喂，別聊了，要是被又昂聽到就不好了。」游茹璇阻止兩名長舌男繼續嚼舌根。

這時范又昂卻打開門進來說：「沒關係，反正是事實。」

「啊。」Feather露出一臉作賊心虛的表情。

「沒想到是真的。」Jackson小聲呢喃。

「你不生氣嗎？」游茹璇戰戰兢兢地走到他面前。

「沒什麼。」范又昂聳了聳肩表示不在意。

「又昂是又昂，他哥哥父母是誰又怎樣？我們要的只是他的喉嚨。」Jackson笑著說，用鼓棒順勢敲了一下鼓邊。

游茹璇轉頭瞪了Jackson一眼。講了這麼帥氣的話，但起頭聊八卦的罪魁禍首不就是他本人嗎？

「阿又，有看到今天報紙的頭條嗎？你哥上報了，你有沒有見過這個女生？」Feather忍不住插嘴八卦，並把報紙扔給他。

范又昂接過報紙攤開來看，報上印了斗大的標題：『GM主唱Cosmos夜會女友』，下方放置了一張有些模糊的照片，是他和女方在路上接吻的圖。而在右下方又放了一張兩人並肩走進公寓大廈的照片。

「我不知道。」范又昂老實回答。

和哥哥許久沒見面，他又怎麼可能知道哥哥的感情狀態？況且沈超宇也不是那種喜歡提私事的人。被Feather這麼一問，范又昂不禁思考自己究竟多久沒和哥哥聯繫了。

「人總是有一兩件不想讓別人知道的事嘛。」游茹璇笑著解圍。

「那個，可以請你們不要透露我哥哥是Cosmos的事嗎？」范又昂尷尬地抓了抓頭。

「那當然，能知道這個祕密的就只有我們Floating的成員，除非你退出，不然我們不會告訴任何人。」Jackson笑著說。他話裡的意思彷彿是間接脅迫他絕不可以退團。

聽了他的話，范又昂忍不住會心一笑。

「對了，GM的巡迴演唱會下禮拜不是要賣票了嗎？要不要一起去？」游茹璇興奮地看向大家。

「對耶，記得首場是在台灣，然後是香港、上海、日本、韓國……聽說還會去溫哥華和洛杉磯。」

「竟然還到美國！Gas Mask已經是國際級的樂團了，太驚人。」游茹璇讚嘆。

「阿又，你有聽過你哥的演唱會嗎？」Jackson問。

「他剛出道時，有邀我聽過一次。」范又昂摸了摸脖子。

「就那一次？」Jackson面露吃驚。

「對。」

「啊，畢竟Gas Mask的票也不好搶嘛！」游茹璇注意到范又昂表情不大自在，便搶話緩解氣氛。

「通常不是有親友公關票嗎？」Feather露出沒神經的疑惑表情問。

「哎呀，人家是大團，粉絲優先啦。」游茹璇瞪了Feather一眼，示意他閉嘴。

「機會難得，就當作是觀摩，大家一起去聽聽看吧。」Jackson大聲勸誘。

游茹璇一臉擔憂地望向范又昂，范又昂知道她是在顧慮自己，伸手輕拍她的頭說：「好啊，大家一起去，挺熱鬧的不是嗎？」

游茹璇眼睛向上瞧著范又昂看，感覺到他手心的溫度，臉頰不禁有些發紅。

2-2

「喂！Cosmos，你看看你，巡迴演唱會票開賣前就捅出這麼大的新聞，要是影響到銷售量該怎麼辦？」經紀人阿湯哥把報紙甩到沈超宇眼前。

「有新聞不是正好當宣傳？」沈超宇一派輕鬆地拿起報紙。沒料到上回李思琦開的玩笑話竟成真，真的被狗仔拍到。所幸拍的角度看不清楚李思琦的臉，讓他鬆了一口氣。

「新聞也要是正面的，你可不可以不要在公開場合跟你女朋友曬恩愛？」

「所以我之後回她家去了。況且談戀愛算是負面消息嗎？我也是人，該過的日子也是要過吧。不然找神父出專輯，那鐵定不會有緋聞。」沈超宇泰然的態度使阿湯哥更是不爽。

「你這傢伙！你出道六年有了，應該曉得演藝圈的生態吧。想談戀愛就藏好一點，至少也替女方想想。」

沈超宇抿了一下嘴，經紀人的話切中他擔心的問題。他是公眾人物，但李思琦並不是，要是被查出來照片中人的身分，對兩人的感情不曉得會有什麼影響。

「藝人總是會有一兩個小緋聞，有緋聞才搶手嘛。」坐在沈超宇隔壁的Mask試圖緩解氣氛。

「Mask，你少說幾句。身為團長，上回被抓到跟粉絲私會的事我還沒找你算帳。」阿湯哥推了一下眼鏡，「你們也替我著想一下，你們玩得開心，受苦的可是我，上頭可是一直對我施壓，要我想辦法撲滅你們的桃色新聞。」

「好、好，知道了。」沈超宇一臉疲憊地搔著頭。

「Cosmos，你知道樂團的主要門面就是主唱吧。演唱會門票開賣前，忍耐一下，別再去見女人。演唱會記者問到也要一律說不知道，了解了嗎？」

沈超宇咂舌無奈地點頭答應。這段期間不見面，就表示下次見面可能是明年後的事了。十月底賣完票，十二月就是巡迴演唱，一直唱到二月春節前，整整四個多月不能見面。

沈超宇離開經紀人的辦公室，Mask從後面勾住他的脖子，親暱地問：「報紙上那小姐是誰啊？」

「跟你無關。」

「哼，真冷淡。交往了多久？現在才發現，是剛勾搭上的妹子嗎？粉絲？」

「誰像你一樣，朝粉絲伸出魔掌。」沈超宇伸手撞了一下Mask的腰，把他推開。

「啊哈，上次睡過頭也是在她家過夜的關係吧。」Mask竊笑。

「屁啦。」沈超宇煩躁地按了一下眉頭。

「說嘛，那個長髮妹到底是誰？」

「我女人啦。」沈超宇轉身對他吐了個舌頭快步往練團室走去。

「臭小子，耍什麼帥！」Mask無奈地苦笑目送他離去。
沈超宇團練結束返家後，時間已經是晚上十點。
他洗好澡打了通電話給李思琦，然而電話響了許久卻始終沒人接。雖然李思琦本身就是很容易漏接電話的人，但這天卻讓沈超宇感到不安。
「妳沒事吧？」他留了一封簡短的訊息給她。
一直到晚上十二點快半手機發出訊息音，打開一看是李思琦回覆的簡訊：「我沒事」看到這個回覆沈超宇反而感到不安，趕緊撥了電話回去。電話響了七、八聲對方才接起。
「喂？李思琦，妳真的沒事？」
「嗯。」
「報導妳看到了嗎？」
「嗯，看到了。」
她反應冷淡得讓他心急。
「妳今天還好吧？」
李思琦沉默許久，遲遲沒有回應。
「為什麼現在才打來？」她總算開口。
「今天都在團練所以……」沈超宇一時之間找不到更好的藉口，實際上是他不敢問，因為他知道無論報紙有沒有查出女友的身分，對李思琦都會有所傷害。

「我今天早上看到新聞本來想請假休息，但擔心被同事發覺，所以還是硬著頭皮去上班了。」
「嗯。」這次換沈超宇無語了。
「一整天，我覺得公司所有的人都在看我，我不知道他們是不是發現了，無時無刻提心吊膽。」
「對不起。」沈超宇心疼地說。
「有一段時間不能再見面了，對吧？」李思琦的話中帶點鼻音。
「嗯，經紀人有特別叮嚀。」沈超宇走到窗台邊坐下。
「這樣也好，我們也需要一點時間沉靜一下。」李思琦低沉嘆息。
「什麼意思？」
「你也知道我們這樣很不正常吧？一年見不到幾次面，我是說你是個藝人，是活在螢光幕前的人。」
沈超宇深嘆了口氣說：「在我們交往前，我不是早就踏入演藝圈了？」
「那時候Gas Mask才剛起步，況且口頭上知道和實際狀況是不一樣的。」
「妳想說什麼？」沈超宇不敢問出那個關鍵字。
「我必須為我的將來好好考慮。」李思琦嘆氣。
「難道妳不喜歡我了嗎？」沈超宇不禁有些情緒化。
「沒有。我對你還是一樣，只是時間改變了，而我不確定我們之間的關係能不能依舊保持不變。」
聽筒傳來李思琦吸鼻子的聲音。

「李思琦，妳哭了？」

「我沒事。」她擤了鼻子後回答。

「如果妳現在說希望我馬上過去，我願意冒著被經紀人罵到死的後果去見妳。」

「別鬧了，我家樓下有狗仔埋伏吧。」

「我是認真的。」

「傻瓜。」李思琦笑出聲，接著深吸了一口氣說：「抱歉，我把頭髮剪短了。你喜歡我長髮的樣子，對吧？」

「妳才是傻瓜。」沈超宇想到李思琦為了隱藏自己是照片中人而剪短長髮，不由得感到心疼。

結束和李思琦的通話後，沈超宇繼續望著窗外發呆。

他回想和李思琦認識的經過，在他大一時就知道她，她是大他一歲的學姊，但兩人真正開始有交集是在他剛踏進演藝圈，要升上大三的時候，那時因為頻繁的演出和團練，所以他正踩在學分快二一、面臨可能被退學的臨界點。

某日他去系所辦公室補繳期末報告，正巧遇到當時擔任助教的李思琦。

「是助教嗎？我要補交報告給王教授。」

「王教授說過他回去了就不收。」李思琦坐在電腦前，抬眼瞄了他一下，冷漠回應。

「我是有原因的。」沈超宇直盯著她看。班上大半的人都知道他是名人的兒子，進入演藝圈表演後，在校園走動不時也會有人找他要簽名，但眼前這女的卻毫不領情。

「嗯，所以呢？」李思琦抬起頭看他，表情依舊冷淡。

「可以請學姊幫我跟教授說情嗎？」他換了一個詞稱呼對方，想說這樣比較親近。

「為什麼？」她竟然又反問了回來。整間辦公室只有她一人，也無法找其他學長姊幫忙說情。一般知道是名人，不都會大方幫忙嗎？他忍不住有這種想法。

「呃……因為我快被二一了，今天也是剛忙完工作趕來交報告。可以看在是學弟的份上，幫我說看看嗎？」沈超宇尷尬地抓了抓頭，感覺到這女的可不吃名氣這一套。

李思琦嘆了一口氣站起身說：「既然有原因就早說嘛。」

她從辦公桌後走出來，走到門口，見沈超宇沒反應又嘆了口氣向前一步抓住他的手腕往外走。

「喂，學姊怎麼了？」沈超宇不明白地問。

「你不是要補交報告？現在這時間，王教授可能在停車場抽菸，他習慣抽完菸才開車返家。」李思琦就這樣拉著他往學校停車場跑。結果竟真的被她說中，王教授人就在那裡。在李思琦幫他說情下，教授才收下報告，而他也僥倖逃過被當的命運。

或許是因為李思琦和一般人的反應不一樣，讓他忍不住多注意她一眼。也因為如此，他也努力減少缺課的情況，尤其是在李思琦擔當助教的課上。

在大三下的學期末考試，他刻意留到最後，等教室都空了才交卷。

李思琦對他笑了笑說：「怎麼？題目還會寫嗎？這次不會被當掉吧。」

「當掉的話，學姊要幫我補課嗎？」他忍不住撇嘴一笑。

「自己份內的功課自己顧好，都幾歲人了，還想依賴別人喔。」李思琦快語頂了回去。

「那如果我這次考試滿八十分，學姊可以跟我一起去聽演唱會嗎？」

「哈哈，八十分，不是滿分？」李思琦露出開朗迷人的笑容。

沈超宇抿了一下嘴，傻笑說：「我知道自己的底線在哪裡。」

換句話說，他就是想要約到李思琦，所以才訂了個不算高的羞恥標準。

「好吧。看看你考試成績如何我再考慮。」

沈超宇交上考卷和Gas Mask的演唱會門票。

「Gas Mask……防毒面具？這是消防演習嗎？」李思琦的回答讓沈超宇忍不住笑出聲，沒想到對方真的不知道自己是誰。

「來了不就知道了。」他露出一抹微笑。

他算是賭了一把，因為在演唱會當天他是不可能在李思琦眼前現身的。到了演唱會當日，他撥了通電話跟她說自己臨時不能出現，但還是請她務必參加演唱會。

沈超宇那時猜想，李思琦似乎不知道自己是明星，如果她對自己有好感，那她就會留到演唱會的最後，又或是在之前就先查過Gas Mask究竟是什麼樂團。

一個月後，李思琦真的和他去聽了演唱會，只不過他人在台上，李思琦在台下。

在演唱會散場後，她發了封簡訊給他：「表演很棒喔」

這樣的回覆算好嗎？沈超宇心想，趕緊撥了電話回去，直接了當地問：「妳覺得我的樂團如何？」

「很不錯，我很喜歡，冒著被當的危機進入演藝圈值得了。可是你知道嗎？你這次考試只拿到了七十八分。」李思琦笑出聲。

「本來想耍帥的，結果還真是糗。」沈超宇發出尷尬的笑聲說：「不過妳還是來了。」

李思琦停頓了幾秒後回答：「應該是好奇吧。」

沈超宇有一個預感，現在就是機會便趕緊問：「妳現在人在哪裡？」

「往捷運站的路上。怎麼了？」

「妳可以等我一下嗎？」

「嗯？」李思琦聲音聽來有些疑惑。

「待在原地不要走，我馬上過去。」

沈超宇沒等李思琦回應，馬上掛掉電話只拉上兜帽、戴了副眼鏡就衝出演唱會現場。出場之後他才後悔，滿山滿海的人，他根本找不到李思琦的身影，後悔沒問清楚她是在哪一條路上。

「李思琦，妳在哪裡？」他打了電話，找到人群中正好接起電話的李思琦，而此時幾個路過的人也注意到他有些眼熟。

情急之下，沈超宇快速穿過人群抓了她的手就往演唱會場跑。散場後，逗留在會場的人反倒少了許多。

「喂，沈超宇……」李思琦上氣不接下氣地喊著他的名字。

「噓——」他警戒地張望四周，悄悄拉著她到放置周邊商品的小倉庫，因為商品全數售完，所以除了空紙箱外，也沒有工作人員。

「你怎麼了？」李思琦因跑步的關係，臉頰泛紅。

「我只是覺得今天氣氛很好，不講不行。」沈超宇看著她的雙眼，手依舊緊握不放。

「氣氛很好？」李思琦苦笑。今天她可是一個人聽完整場演唱會，可沒感覺到什麼氣氛好。

「我在表演的時候一直看著學姊，看著妳在的方向。」

李思琦狐疑地挑起眉毛。

「我可能有些近視，所以看得不是很準確。」沈超宇補充道。

李思琦聽了噗哧一笑。

「我在想，學姊是不是對我也有意思？如果不是這樣，妳就不會來聽演唱會，更不會留在路上等我了，對吧？」

李思琦聽到他如此直白的話，一時不曉得該怎麼回覆，只是望著他的臉。

沈超宇握住她的手，頭微側向前輕觸她的雙唇，然後問：「可以跟我交往嗎？」

「喂，哪有人先吻了才問。」李思琦皺眉掐了一下他的手。

「我只是想說這樣如果被拒絕也算是佔到一點便宜了。」沈超宇露出調皮的笑容，因為他知道李思琦沒有推開自己就是最好的回覆。

2-3

十二月，Gas Mask的巡迴演唱在台灣小巨蛋揭開了序幕。

「沒想到這次竟然可以搶到搖滾區的位置！」游茹璇站在搖滾區探頭探腦，雙手興奮握拳。

「可是妳的身高看得到嗎？不會被人群淹沒？」范又昂笑著說。

「你很差勁耶，我好歹也有超過一六〇公分，加上今天穿了增高鞋，踮一下腳尖就看得到了。」游茹璇踮起腳尖伸長手揮舞。雖然她做了不少準備，但若和身高一八〇公分的范又昂相比，范又昂則顯得輕鬆許多。

「小茹，妳不要到時候被人潮推倒就好了。」Jackson笑道。

「推倒？」游茹璇面露驚恐。

「小茹肯定沒待過站區，站區顧名思義也是『戰區』。當Cosmos往舞台靠近握手時，激動的女粉絲可是會使盡腎上腺素往前擠，到時候妳只會變成肉餅，更別提妳那雙不實用的鞋。」Feather開口補槍。

「這麼恐怖嗎？」游茹璇對范又昂露出求助的表情。

「自作孽。」范又昂笑著伸出手刀輕敲她的頭。

「哼，不過只高了幾公分，有什麼了不起。」游茹璇鼓起臉頰。
「小茹這是第幾次來聽Gas Mask的演唱會？」范又昂突然問。
「第七次！雖然沒有場場都聽，但是從他們出道以來每年都有參加。」
「真厲害，妳撒了不少錢吧。」Feather瞪大眼驚嘆。
「小茹是GM的頭號粉絲啊。」Jackson補充。
「謝謝。」范又昂唐突地插話。
「謝我什麼？」游茹璇歪著頭問。
「總覺得應該要感謝妳支持我哥的樂團。」
「被間接感謝也是挺奇妙的。」游茹璇摸了摸瀏海。
「對了，阿又，你哥知道你今天來聽他的演唱會嗎？」Feather問。
「是呀，搞不好我們有機會靠你的關係見上他一面。」Jackson笑說。
「我沒跟我哥說我來演唱會。」范又昂搖了搖頭。
「那打通電話應該……」Jackson話還沒說完就被游茹璇的手肘擊中心窩。
「演唱會表演完都很累了，我們就不要打擾他們了啦。」游茹璇代替他拒絕了。
「咦？最想看到Cosmos的應該就是小茹吧。能的話我也想跟Poison交流一下。啊，不過畢竟是大明星，應該很困難吧。」Feather看到游茹璇充滿殺氣的臉又馬上改口。

「如果有機會的話。」范又昂擠出笑容，表情有些為難。他心想不曉得多久沒見到哥哥了，突然提出讓朋友見見Gas Mask成員的要求，場面應該會很尷尬吧。

「對啊，有緣的時候就會見到了。」游茹璇笑說。

突然燈光一暗，演唱會就要開始。

「喔喔，要開始了。」Feather指向前方亮起的舞台。

「總覺得好興奮啊。」游茹璇笑咧著嘴，她話剛說完感覺到耳邊傳來的氣息。

「剛才謝謝妳。」范又昂頭微傾在她耳邊說道。

游茹璇轉頭看向他時，他已經站挺身望向台前。游茹璇輕拍有些發麻的側臉，故作鎮定看向前方。

前奏音樂一響，大螢幕開始從Gas Mask的出道專輯一直往前播放，回顧他們六年來的經歷，剛出道時的沈超宇看起來青澀許多，而現在則多了分成熟的氣息。只要沈超宇的畫面出現時，四周就會響起女粉絲亢奮的尖叫聲，當然其中也包含游茹璇在內。

范又昂忍不住瞥了她一眼，而游茹璇注意到他的視線也對他回以微笑。

「妳就這麼喜歡我哥啊？」范又昂湊向前問。

「什麼？我聽不見。」游茹璇對他喊了回去。

「沒事。」范又昂抓了抓臉頰，放棄追問。

螢幕出現了他們這次的最新專輯封面。

帶點龐克搖滾風格的時下造型，和出道時的專輯相比多了一層商業味。看著螢幕范又昂不自覺這麼想。

「五、四、三、二、一！」畫面出現倒數的數字，所有粉絲跟著倒數。

當零的數字出現時，舞台上冒出一陣濃煙，激烈的鼓聲隨之響起，開場第一首就是他們剛出道時馬上爆紅的主打歌，瞬間歡聲不斷，甚至蓋過了音樂。

煙霧散去，Gas Mask四名團員面戴防毒面具，這是自從他們出道第三年登堂小巨蛋開始的習慣，只要再次攻蛋就一定會戴上防毒面具開場。

沈超宇手握直立麥克風，低沉的嗓音在小巨蛋裡迴繞共鳴。

「大家，準備把小巨蛋屋頂掀開了嗎？」沈超宇大聲一吼，隨手把面具揭下向外拋，女粉絲們無不放聲尖叫往前暴衝。

「啊，別擠啊！」游茹璇大叫，後方的粉絲暴走往前推擠，足以令人耳鳴的尖叫聲把她的聲音埋沒。在她感覺自己就要往前撲倒時，范又昂一隻手伸向她摟住她的肩膀。

「謝謝。」游茹璇抬起頭看了他一眼，又不好意思地垂下頭。

「站不穩抓著我也沒關係。」范又昂見她站穩了於是鬆開手。

「實在太可怕了，Cosmos的威力，都不知道前面有沒有人已經葬身在腳底下。」Feather一臉淡定地說著很可怕的事。

「我想他們今晚會因為超過六三分貝的規定而被罰十萬。」Jackson竊笑。

整場演唱會加上安可的時間，從晚上七點一直唱到九點半。從出道專輯一直到最新專輯的曲目，整場演唱會螢光棒如流星般閃爍，而粉絲的示愛更是停不了。

「上次的緋聞根本不算什麼吧？女粉絲還是很愛Cosmos。」Jackson評論。

「阿又，你真的不考慮揭露你跟Cosmos的關係嗎？把妹應該很好用。」Feather露出中肯的笑容，但這讓范又昂看了不禁皺眉。

「用這種方式把妹實在很難看。」范又昂下意識地瞥了游茹璇一眼。她還在亢奮之中，情緒尚未平息。

「整場演唱會你們最喜歡哪首歌？」游茹璇問。

「大概是〈knock out〉吧，那首歌鼓手的鼓聲和歌詞的節奏非常好。」Feather回答。

「對，那首歌節奏超強！不愧是Cosmos的經典作。」游茹璇附和。

「我的話是〈鬼捉人〉，那首歌的曲風根本沒人學得起，一學就知道是抄Cosmos的風格。」Jackson說。

「真的，不能同意你更多。」游茹璇再次高聲贊同。

「小茹，妳應該每一首都愛吧。」Jackson說。

「我是每一首都喜歡，但最愛的是〈Live in Today〉。心情不好的時候聽那首歌心情就會振奮起來。」

「小茹有過心情不好的時候？」Jackson諷刺。

「當然有啊，幹嘛瞧不起我。對了，又昂喜歡哪首歌？」

「我嗎？應該是〈On My Way Home〉。」范又昂不自覺尷尬地抓了抓臉頰。

游茹璇聽了馬上說：「喔！我知道那首，那是第三張專輯Cosmos要求唱片公司加的歌。曲風和整張專輯風格不同，所以差點被砍掉。」

「幸好有留下，那首歌的旋律很好。」Feather也同意。

「那整張專輯都是類似PUB的電子樂，確實放〈On My Way Home〉有點突兀。」Jackson說。

「沒辦法，現在就流行這種商業型的曲風吧。」Feather聳肩。

「不過你們舉的歌，都是他們出道兩年前的曲子，現在的歌是不是已經沒辦法突破了？」范又昂說完話後，其他三人陷入沉默。或許是因為默認，所以說不出話回應。

「喂，你們看，他是不是Cosmos呀？」一名粉絲偷偷看著范又昂說。

「真的耶，他怎麼會在這裡？」

發現被誤認，范又昂抓了抓臉想往別的方向鑽。

「請問是Cosmos嗎？」在他要逃跑時，兩名粉絲已經湊上前。

「抱歉，你們認錯人了。」范又昂搖了搖頭。

「啊，對不起。」兩名粉絲發現自己認錯趕緊跑掉。

「有一張明星臉也是挺困擾的吧。」游茹璇笑說。

「我覺得挺吃香的。」Feather露出羨慕的眼神。

范又昂則是覺得經常在路上被人東瞧西望並不是很舒服。

「聽完演唱會實在太讓人興奮了。我有預感憑這次的感動，我們四月DEMO海選一定會過！」游茹璇興奮地高舉雙手。

「DEMO海選一定要過，沒過就別想玩了。」Feather呼應。

「是呀，要講也要說是初賽通過吧。上一回Peacock學長還在時，差一名就進入決賽。這次說什麼也一定要站上決賽舞台。」Jackson看向范又昂說：「阿又，可別讓我們失望喔。」

「對，有又昂在鐵定會進決賽。」游茹璇笑著輕拍他的肩膀。

「你們不是說過不會給我壓力嗎？」范又昂摸了摸鼻子。

「適當的壓力你才會成長啊。這是好事。」Feather難得說出像是團長才會說的話。

「他可是Cosmos的弟弟，天團主唱的兄弟，我們能不進決賽嗎？」Jackson誇張地說。

「好啦，我知道了。我今天是騎車來的，我先走囉。」

范又昂揮了揮手，這時Jackson推了游茹璇一把，她沒站穩差點撲向范又昂。

「Jackson，你幹什麼啦！」游茹璇雙頰發紅轉身大罵。

「阿又，你家和學校同方向吧。順便送小茹回宿舍。我跟Feather還有其他地方要去。」

「快十點了你們還要去哪裡啊？」游茹璇疑問。

Feather注意到Jackson的眼神跟著說：「我們要去做一些成人的事，小茹這樣的小女孩跟著不方便。阿又，小茹麻煩你照顧啊。」

「什麼成人的事？你們這兩隻豬哥。」小茹不滿地鼓起臉頰。

「好，我送她回去。」范又昂爽快答應，輕拍游茹璇的肩膀示意她跟著自己走。

范又昂發覺到游茹璇的腳步有些緩慢，想起她還穿著那雙不合適的鞋子，於是伸手抓住她的袖口，低聲說：「跟緊一點，不要走丟了。」

「嗯……」游茹璇小聲回應。

自從范又昂加入Floating之後，他們已經很久沒有單獨獨處過，這讓游茹璇反應有些不自然。

「真虧妳能穿這雙鞋。」范又昂首先開了話題。

「能搶到搖滾區搞不好就這麼一次，所以就想要能看得更清楚嘛。」游茹璇突然覺得自己穿得這麼高像女巨人一樣，不禁感到難為情。

「反正主要是聽吧。在現場哪裡都聽得到。」

「嗯。Cosmos的聲音真的很好。」

「這樣嗎……但我總覺得哥哥唱得有些心不在焉，好像不是很專心，有點力不足的感覺，甚至有幾段還忘詞了，歌詞根本沒對上。」范又昂望向馬路邊川流不息的車輛嘆了口氣。

游茹璇靜靜點頭，正如范又昂所說，沈超宇在演唱時真的犯了不少錯誤。

兩人站在人行道上等待綠燈亮起時，游茹璇悄聲問：「又昂，你是不是跟你哥哥很久沒見面了？」

「嗯？」范又昂瞪大眼睛看她，不曉得她是怎麼猜到的。

「我不是要探八卦，單純只是想和你聊聊，如果你不想說也沒關係。」

「嗯，有幾年沒見了。」他尷尬地摸摸脖子。

「聽你提到他的時候，表情總是有點不自然，所以我就想是不是這樣。」

「有些事情很難用一句話說明白，隨著時間累積就變成現在的狀況。」

「為什麼剛才不留在現場？你是他弟弟，你應該見見他。」游茹璇擔心地說。

「我剛才在台下看他，感覺就跟在電視上看到他一樣，只有陌生。」

「那就更應該去見他啊。」游茹璇拉著他的手接著說：「快點回去，應該還見得到面，你不用擔心我，我會自己搭車回家。」

「今天就不了。該見到的時候，就會見到吧。」范又昂反手握住游茹璇的手牽著她過馬路。

「那麼就讓命運來決定，如果我們晉級決賽，你就去見Cosmos。」

「連初賽都還沒比，妳怎麼這麼篤定？那要是我們沒進入決賽呢？」范又昂轉頭看向她。

「不可能。因為我知道我們一定會進決賽。」游茹璇挺起胸膛充滿自信地說。

范又昂對她露出微笑緊握她的手說：「好，我答應妳。」

#

沈超宇返回休息室，馬上拉開椅子坐下露出一臉疲態。

「Cosmos你昨天又熬夜了嗎？今天演唱會根本沒在專心唱歌。」Poison放下貝斯瞪向他。

「沒有，昨天我十點就睡了。」沈超宇回答的同時又打了個呵欠。

「那你唱歌還那麼散漫！」

「沒關係吧。粉絲們都很開心，這樣就好了。」沈超宇連看他也不看一眼。

「Poison說的對，你今天不只忘詞還落拍，今天才第一場演唱會耶。」Mask說。

「剛好在想別的事情。」沈超宇敷衍地說。

「雖然說整個樂團不是只靠你，但是現實上粉絲都是來聽你唱歌的，你不好好唱，後面幾場演唱會還玩得下去嗎？」Mask斥責。

「我知道。」沈超宇一臉冷淡。

「開演唱會還有心情一邊唱歌一邊想別的事情，真是服了你。」Poison按著額頭苦笑。

「你不會是得了大頭症了吧？你知道靠臉吃飯不能維持多久，對吧？」鼓手Doubt一邊擦拭著鼓棒一邊說。

「多謝誇獎，至少這張臉現在還能用。」沈超宇聳了一下肩。

「你！」Doubt手一擺放棄勸他。

「Cosmos，你想自甘墮落可不要連累到我們，一個樂團是不可能只靠單人支撐的，沒有我們就不會有ＧＭ，你最好明天的演唱會給我振作起來。」Poison說完碰的一聲甩門離去。

「Poison離開了，那我也先回飯店休息。」Doubt瞥了一眼沈超宇，接著隨後走出房間。

Mask困擾地搔著頭說：「啊，人都走了一半，本來還想小小慶祝一下巡迴開場落幕耶。」

沈超宇沒回答他，只是趴在桌子上盯著自己的左手指尖。他很少在演唱會時彈奏吉他，加上最近寫曲的次數減少，指尖的厚繭已經漸漸變軟。

Mask靠在牆邊，雙手抱胸看著一臉頹喪的他。

工作人員開車送沈超宇和Mask回飯店休息，一路上沈超宇靠著車門邊閉目養神，似乎沒意思要和Mask交談。

沈超宇回到自己的房間，馬上撲倒在床上。拿起手機傳了個訊息給李思琦：

「想妳」

「傻瓜」

「就算是傻瓜，還是想妳，好想見妳」

「傻瓜，辛苦了！」

這時門外傳來敲門聲，沈超宇起身走到門邊透過貓眼看，眼前出現一罐啤酒。他馬上猜到是誰，打開門Mask笑嘻嘻地站在眼前。

「啊，看到酒就開門了。」Mask笑著說。

「有免費的酒上門，我還能不開門嗎？」沈超宇打開門讓Mask進來。

「演唱會，辛苦啦。」Mask把一罐啤酒扔給他。

「謝了。不過這話讓Poison聽到，他可是會生氣。」

「Poison本來個性就衝，我也常惹他發怒。」Mask吐了一下舌頭，在床前的地毯上坐下。

沈超宇沒回應，在他旁邊坐下打開啤酒喝了一口。

「其實差不多一年前我就感覺到你有點不在狀況，我想說只是暫時性失常，所以也沒多問。」Mask看著他說。

「嗯。」沈超宇不曉得該回應什麼，只是輕哼了一聲，側過臉刻意迴避Mask的目光。

「沈超宇。」Mask一反往常正經地叫著他的本名，「你到底是怎麼了？以前為了音樂連吃飯睡覺都忘記的你到底去哪裡了？我不認為你是那種會對音樂如此隨便的人。」

沈超宇有話梗在喉嚨說不出口，話出了喉嚨又趕緊吞回去。他拎著啤酒喝了一大口，用手背擦去嘴邊的氣泡說：「Mask，我好像沒那麼喜歡舞台，沒那麼喜歡音樂了。」

「真的假的？你別嚇我。看著我的眼睛說。」Mask靠向他的臉，直盯著他看。

「Mask，我是認真的。」沈超宇也挪向前，一臉正經。

Mask向後退，遠離他的臉說：「先別提現在這詭異的氣氛。你真的不喜歡音樂了？不是鬧脾氣的吧。」

「我是認真的。我跟你開過玩笑嗎？我不清楚現在做的音樂是不是自己想要的。」沈超宇又喝了一口悶酒。

兩人陷入沉默。

沈超宇向後一倒，仰頭靠在床邊說：「如果這樣下去，我會怎麼樣？Gas Mask又會怎樣？」

第三章

UP

3-1

「那麼我們約好了，一定要一起站上舞台。」

自從晚上夢到了過去和哥哥的約定，這句話就一直在范又昂的腦海中迴盪。或許是因為上禮拜看了Gas Mask的演唱會，所以他才受到影響做了這個夢吧。

舞台上的哥哥看起來並沒有享受在音樂裡，雖然他只參與過兩場Gas Mask的演唱會，但他總是會關注他每場表演，在網路上搜尋新聞影片，或是買演唱會ＤＶＤ觀看，而他漸漸發現這一兩年，哥哥在演唱會上做的每一個動作和說的每一句話，都像是經過設計，而不是出自內心。和出道前幾年那種興奮、感動的表情截然不同，就像是傀儡木偶一樣。

「哥哥究竟發生了什麼事？」范又昂躺在練團室木製的地板上，閉起雙眼聽著窗外隱約傳來的鳥鳴聲，輕輕哼著沒有歌詞的曲子。

「呦，阿又。這麼早就來了。」Feather走進練團室，「你剛才哼的是什麼歌？」

「啊，你聽見了？」范又昂尷尬地摸摸臉頰坐起身。

「你門沒關，沒發現嗎？剛才幾個小粉絲站在門邊偷聽，說不定你的睡容也被偷拍了，改天查察表特版有沒有自己的名字吧。」

「哪來的小粉絲？」范又昂面露質疑。

「自從你來我們這裡試唱那次，就一直會有人在練團室外徘徊，你沒聽Jackson說過？」

「是、是嗎？」范又昂苦笑，「我剛才只不過是隨興哼哼而已。」

「我倒是覺得那曲調不錯。之前小茹好像說過你會作曲？」

「不算吧。只有高中時玩玩，寫了幾首不成熟的曲子。」

「你知道我們這次報名的是創作樂團組吧。這次比賽算是我最後一年參賽了，我可是創團先祖，一直以來參賽都是由我作曲。」Feather露出不捨的表情。

范又昂想起Feather確實今年就要畢業，雖然在玩團，但他其實很早就內定一家美商企業，畢業當完兵後就會直接踏入社會。想到這學期結束後就很少有機會再看到Feather不禁有些感傷。

「想什麼。」Feather像是看出他內心在想什麼一般，輕搥了他的肩膀，「我是想說，既然我之後不能常來了，乾脆找個人交接寫曲的工作。比賽曲目繳交截止時間還有一個月，看你有沒有興趣今年跟我一起作曲？」

#

七彩吊燈閃爍，交際的名媛踏著細跟四處穿梭，身穿各式名牌的男男女女，每個人打扮得像是參加爭奇鬥艷的時裝大賽。服務生端著添上紅酒香檳的高腳杯四處替人換酒。

沈超宇坐在角落發呆。他只穿著帽T和牛仔褲出現，而這裡是公司替他們辦的巡迴慶功宴，花了大筆錢包下飯店一廳宴客，來賓很多是關係企業的名流和自家公司旗下藝人。

「Cosmos，恭喜你們又完成一次創舉了。」一名穿著略顯暴露的女子走過來，在他旁邊的空位坐下。她是卓以蔚這次演唱會嘉賓之一，向來以熱歌熱舞聞名，在公開場合也喜歡穿著開高衩或是嶄露事業線的服裝。

「創舉嗎？我怎麼不覺得。」沈超宇喝了口紅酒，聳了聳肩膀。演唱會上失誤這麼多次，能稱作成功嗎？他在內心苦笑。

「到國外巡迴演唱，場場爆滿這不是創舉嗎？」

「大概吧。就門票販售的數字上來說。」

「怎麼？是唱累了？」卓以蔚側身靠向他。

「我不習慣這種場合。」沈超宇簡短回應。

「那要不要去頂樓透透氣？」卓以蔚搶走他手上的酒杯，露出滿面的笑容。

沈超宇疑惑地皺起眉頭，他只覺得卓以蔚的眼妝近看有點嚇人。

「不了，我坐在這裡等時間結束就好。」

卓以蔚見對方興趣缺缺，輕嘆了口氣說：「好吧，你如果想透透風再來找我。」

說完話，她便跑去找其他人聊天了。

「喂，Cosmos，卓以蔚跟你說了什麼啊？」Mask看到剛才兩人交談的畫面，上前問。

「說了什麼數字之類的事。」

「數字？她告訴你她的三圍了嗎？」Mask瞪大眼，一臉吃驚。

「什麼三圍，你滿腦子就這些東西。」沈超宇奪走他手上的香檳喝了起來。

「你臉很臭，怎麼了？還在煩惱之前說的事？」Mask難得擺出團長該有的姿態問。

「我現在什麼也不想思考，只想趕快結束慶功宴休息。」

「趁這段時間好好休息，在開始新專輯前，也許你的問題就會自己消解掉了。」

「謝了。」沈超宇感激地說。比起其他團員責備的目光，Mask對他卻很寬容。

「好好享受慶功宴吧。不管你喜不喜歡，這都是為了我們辦的。」Mask拍了拍他的肩膀離去。

沈超宇低下頭拿出手機，按下快速鍵打了封短訊送出。不久馬上收到回信，上頭只寫著：「傻瓜」二字。

結束慶功宴，沈超宇騎車到李思琦家附近的巷口，和她見面。

「嗯，頭髮比我想像中來得長嘛。」沈超宇看著李思琦說。

「本來短了，但是現在又長長了。」李思琦推了一下粗框眼鏡。現在是晚上十一點，要是在平常她早就在床上躺下準備睡覺。

「總覺得很對不起妳。」沈超宇尷尬地搔著頭。

「沒什麼，快吃吧。你慶功宴上一定又沒吃什麼東西。」

「妳真懂我。」沈超宇對她一笑。

兩個人並坐販賣什錦煮的攤位前，攤販主要販賣的時間是消夜場，當他們只能趁深夜見面時，有時候都會到這裡。

「妳應該有看新聞吧。關於我的巡迴演唱會。」沈超宇盯著碗裡泛油光的湯汁說。

「嗯……」李思琦低下頭小聲應和。

「新聞說，我的魔法是不是失靈了。好幾場演唱會出錯，不少粉絲在網路上抱怨。」

「和你上次說的事有關嗎？」李思琦擔心地看著他。

「可以這麼說，但實際上是因為……」沈超宇話說了一半搖搖頭，又不願再多說。

李思琦明白他好面子的個性也不便追問，只是拍拍他的背安撫。

「不過你的經紀人已經准許你出來見我了嗎？」李思琦見攤販轉身洗碗，悄聲問。

「本來公司就沒在私人關係設限，而且阿湯哥也只說禁止到演唱會結束。」

沈超宇刻意靠在她耳邊低語，讓她耳朵癢癢的。

「你這傢伙，只會鑽漏洞。」李思琦嘟嘴推開他的肩膀。

沈超宇輕聲一笑，繼續低頭吃飯，忽然想起某件事開口問：「我在想，為什麼我們從不用視訊？」

「你以前好像問過，但是我說不要。」

「為什麼不要？」

「要是太依賴視訊，你以後就不會來見我了吧。想見面就請當面見，這是我的原則。」李思琦抬起頭看他，兩個鏡片起霧發白，看起來很逗趣。

「真是拿妳沒辦法。」沈超宇掀起她的眼鏡露出微笑，吻了她的眼睛。

「早知道就不戴眼鏡出來了。」李思琦伸手戳了一下沈超宇的腰。

沈超宇摸摸她的瀏海說：「沒什麼不好的，我很喜歡，因為只有我看得到妳這樣的打扮。」

「傻瓜。」李思琦靠在他的肩膀上小聲說。

3-2

「又昂，范又昂在嗎？」下課時間，游茹璇跑到范又昂所在的教室大叫。
聽到這熟悉的聲音，范又昂馬上站起身，而教室裡所有同學也好奇地看向他。
「游茹璇，妳叫太大聲了。」范又昂趕緊上前推著她的肩膀走出教室。
「現在不是說這個的時候，DEMO海選的結果出來了。」游茹璇轉身握住他的手腕，「快走，快去看結果！」
游茹璇拉著他跑到學生會公布欄前。
「啊，他們來了。」Jackson對兩人招手，Feather也站在一旁。兩人的四周圍繞著大批人群。
「不是網路上也會公布嗎？」范又昂問。
「網路公布比較慢，而且看現場名單更刺激。」Jackson聳肩一笑。
「怎樣，結果如何？」游茹璇心急地問。
「我們想說等你們都到了再一起看。」Feather說。
「啊，我什麼也看不到啊。」游茹璇站在人群中探頭探腦。

「我看看。」范又昂一派輕鬆地站向她身後。

名單依照報名序號排列，參賽者包含校內外大專院校的學生，光是他們參加的創作樂團組就有一六九件投件，並從中挑出六十組進入初賽。

「啊，有了。」

聽見Feather的聲音時，范又昂也發現他們的團名出現在名單上：『編號八十九 Floating』。

「Yes，我就知道通過海選只是小case。」Jackson握拳比出勝利的姿勢。

「真的嗎？在哪裡？」游茹璇睜大眼睛踮起腳尖瞧。前方的學生散去後，范又昂推著她向前，握住她的食指指向他們團的所在處。

游茹璇倒抽了一口氣，耳根微微發燙。

「小茹，怎麼呆住了？」Feather問。

「她呆住的原因可能不只是因為通過海選吧。」Jackson笑道。

#

練團室由於接近五月月初初選，預約練團室變得一位難求。因此Feather提議眾人改到Jackson家練習。

「喔，Jackson家真大！沒想到你是土豪。」游茹璇吃驚地張大嘴。

「土豪？這是什麼詭異的詞。」Jackson聽了不禁皺眉。

「雖然不在市區，但就建地來看，地價很高吧。」范又昂附和。

「Jackson家在民初前就住在這裡，沒把地賣掉，而地價又隨時間膨脹，所以就變成了土豪。」Feather補充。

「以前新店萬隆那一帶也是我家的，你們信不信？」Jackson笑說。

「果然是土豪。」游茹璇讚嘆地點頭。

「好了，今天的目的應該不是參觀我家吧。先上樓吧。」

Jackson領著眾人到五樓的空房間，房間內空間廣大堆置了一些書籍雜物、紙箱，裡面有電子琴、鈴鼓、吉他和爵士鼓等。光爵士鼓就有三個，感覺像是樂器的小倉庫。

「沒講的話，我會以為這裡應該是又昂家。」游茹璇好奇地輕敲了一下爵士鼓上頭的鈸。

「其實我媽不是玩樂團的，就算是我爸也只是抒情歌歌手。」范又昂苦笑。

「這些樂器是我爸那一代一直留下來的，他和我叔叔喜歡玩樂器，到我這代，我跟我哥也很喜歡，所以就沿用了。」Jackson笑著說：「我家可是隱藏版的音樂世家。」

「這倒也是，整間房間牆面都裝上了隔音板。」范又昂看了也感到驚奇，不由自主地點頭讚嘆。

「我們算是幸運吧。你想想要移動Jackson的爵士鼓要花多少時間啊。他家裡就有，多省事。」Feather得意地輕拍Jackson的肩膀。

「總之先來探察一下敵情吧。DEMO曲規定影片要統一放比賽通用的背景圖，人氣和整體效果全憑實力。」Jackson將抱在手上的筆電放在牆邊的桌子上。

這次的DEMO海選進行方式是將參賽用曲錄製完成放在YouTube上面公開，結果出爐後，主辦單位的學生會也將通過的名單曲目連結放置在網路上，為求公平，所以競賽組別在DEMO影片中皆不會露臉。

「有幾個團的曲風挺相近的，獨特性不太夠。」Jackson評論。

「相較之下，我們Floating的曲子突出許多，對吧。」Feather得意地露齒而笑。

「主唱好像男生比較多呢。雖然也有雙主唱的團。看一下我們的點閱率好了。」游茹璇說著點入他們的編號。

「我們的參賽編號偏中，和前面編號的隊伍相比，應該點閱率不高吧。」范又昂苦笑。

「別這麼說，這只是DEMO海選，初賽後才能見真章。」Feather拍了他的肩膀鼓勵。

「其實點閱數字愈高，壓力愈大，我沒有很在意。」范又昂摸了摸脖子回應。

「哇，才幾天點閱已經有四千多人，怎麼回事？」游茹璇吃驚地瞪大眼睛，整張臉都要貼在螢幕上了。

「看一下網友留言吧。這點閱率太古怪了，就連最前面的編號也才兩千多。」Feather飛快地轉動滑鼠的滾輪。

「有不少讚美的留言呢，『主唱聲音很棒，鼓的節奏很有動感』。Jackson，你可以好好自豪一番了。」Feather用手肘撞了一下Jackson的腰。

「喔，Cosmos的名字出現了！『主唱聲音好有磁性，很像GM的Cosmos』。這應該算是正面評價吧。」游茹璇望向范又昂，面露不安，但范又昂只是面無表情地盯著螢幕。

「喂，這個留言太超過了吧，什麼叫做歌聲抄襲。嗓音能抄嗎？一定是哪個落選的團惡意中傷。」Jackson怒罵。

「評價總是有好有壞，至少討論度很高，而且讚賞的人還是不少，應該值得高興。」Feather出聲安撫。

「又昂，你看按讚的人還是很多喔，其實很好啊。而且只是聲音像，又不是說你唱得不好。」游茹璇擔憂地望著范又昂，試圖講一些鼓勵的話。

范又昂搖了搖頭說：「無所謂，我跟Cosmos是兄弟，聲音像也沒什麼好奇怪的。更何況我們參賽只是為了享受音樂，所以並不需要在意那些評價。」

「好了，別再看那些留言了。大部分負面的留言不就只是想藉由貶低別人來提高自己嗎？」Feather揹起貝斯對他們露出微笑。

范又昂點頭，握住麥克風清了清嗓子，順著貝斯的節奏輕拍大腿打節拍。

游茹璇不放心地瞥了范又昂一眼，范又昂迎向她的目光，微微一笑。

「真的不在意就好了。」游茹璇喃喃自語。她並沒有漏看范又昂盯著螢幕時，雙唇微張嘆了口氣的無奈神情。

「范媽媽知道你參加金音獎比賽的事嗎？」回家的路上游茹璇坐在機車後座問。

他們現在就算沒事先講好，范又昂也會自動拿出預備的安全帽順道騎車送游茹璇回宿舍。

今天練習時間比平時晚，回家時天色已暗，路上的車流也減去不少。黃色的路燈映照在兩人身上，駛上高架橋通往學校的路途中，夜風輕撫兩人的臉頰，使他們的臉頰有些發涼。

「妳剛剛說了什麼嗎？」范又昂側頭問。夜風太強，讓他聽不清楚游茹璇的聲音。

游茹璇為了讓他聽清楚自己的話，靠向他的耳邊說：「要不要跟我去河堤走走？」

說完之後她才反悔，不曉得自己是出於什麼衝動，竟然邀異性在大半夜夜遊，然而范又昂卻爽快答應。

范又昂騎車往學校附近的河堤騎去，路上兩人各買了一罐熱咖啡，機車停在路邊，爬上石階沿著河岸散步。

游茹璇走在他旁邊，不曉得該如何拿捏跟他並肩行走的距離，只是緊握手中的熱咖啡低著頭。

「妳是不是在擔心什麼？」范又昂在兩人沉默了十分鐘後側著頭問她。

「啊，這個嘛……」游茹璇確實是因為擔心他，才提議到河堤散步。然而一旦被看穿，卻又不好意思承認。

「妳擔心的表情很好猜。應該說，妳心裡在想什麼看臉就一目瞭然。」范又昂盯著她的雙眼說。

「有這麼容易看出來嗎？」游茹璇抿嘴別過頭，順手撥動自己的瀏海。

「就像我現在可以猜出來，妳在擔心我看出妳現在在想什麼。」范又昂看游茹璇瞪大眼睛盯著自己的驚嚇表情，不禁笑出聲。

「你笑什麼！」游茹璇不滿地伸出腳輕踹他的膝蓋。這麼輕易被范又昂看透，讓她覺得有些不甘心。

這時旁邊有人騎著腳踏車從後頭過來，范又昂趕緊拉住游茹璇的手腕，將她往自己的方向一拉，游茹璇沒站穩，頭恰好撞進他胸前。

「抱歉。」游茹璇慌張地站穩想退後時，范又昂卻抱住她的肩膀。

「范、范又昂，你怎麼了？」游茹璇緊張問道。

「如果不討厭的話，肩膀可以借我一下嗎？」范又昂頭靠在她的肩膀上輕聲說。

「不討厭……我是不會討厭啦……」

「像妳之前說的一樣，我確實很喜歡唱歌，也不是沒想過嘗試站在舞台上。可是後來我怕了，因為聽見自己聲音的同時，就彷彿聽到我哥的聲音。我當年逃避了他的痛苦，現在又怎麼能像他一樣站在舞台上。」

「聽見你哥的聲音？我不懂為什麼你害怕聽見Cosmos的聲音，你不是一直很喜歡聽他的歌嗎？」

「我怕的不是哥哥的聲音，而是和他有著一樣聲音的自己。我曾想過接觸音樂或許就能更了解我哥，但後來我發覺這個想法根本是一廂情願。今天看到那些留言，說沒任何影響是裝出來的。我很享受和你們一起表演，你們的演奏讓我忘記自己的恐懼。但網路的留言再次提醒我，我和哥哥是兄弟，我們是這麼地相似，曾經那麼要好，可是我卻沒在他需要我的時候幫助他，又怎麼能像他一樣站上舞台？我沒有這個資格享受音樂。」

「所以你才在高中時放棄吉他了嗎？」游茹璇驚訝地問。

她回想起在餐廳門外聽見范又昂唱歌時的情景，他戴著耳機聽把音樂開得很大聲，恐怕就是為了蓋住自己的聲音。就連在學校中庭裡彈奏吉他時，他也沒唱出歌詞，只是輕哼曲調。

「我一度逃避過哥哥面對的痛苦，而當我升上高中嗓子變聲後，我開始覺得又聽見他當時向我求救的聲音。平常說話感覺不到相似，但只要一唱歌就會想起我背叛了我哥，又怎麼可以厚著臉皮和他一樣享受唱歌，我應該要受到懲罰。」范又昂懊惱地皺起眉頭。

「又昂，聽著，雖然我不清楚你們之間到底發生了什麼事，但我認為你哥並沒有責怪你，可是你卻在懲罰自己。你了解我的話嗎？」

「可是我……」

「果然參加金音獎的事，你也沒跟你哥說，對吧？」

范又昂靠在她肩上點點頭說：「哥哥……很久沒聯絡了。我媽的話，我沒跟她提，但她應該隱約知道我又開始玩音樂。」

「不過既然你害怕聽見自己的歌聲，那你為什麼會答應加入Floating？」游茹璇伸手輕拍他的背問。

范又昂沉默了一陣子說：「因為我從演奏聽到你們的聲音，我聽到的不再只有我自己、也不再只有我哥的影子，我聽見了音符，還聽見自己想唱歌的渴望。」

「我知道，我也從你的臉上看出你喜歡唱歌。」

「這麼容易看出來嗎？」范又昂勉強堆起笑容。

「我也一樣有讀心術喔。」游茹璇露出純真的笑容，「我認為你如果逃避唱歌、逃避舞台，那你永遠只會一直逃避。我反而覺得你應該要站上舞台，用你最好的一面去接受你自己，這樣你才會有勇氣面對你哥。」

「我不確定這樣對不對，我甚至懷疑當初答應加入Floating是不是太自私。我告訴我自己，我哥的痛苦我沒幫他承擔，又怎麼能享受跟他一樣的快樂？」

「所以我說你在逃避，你藉由懲罰自己逃避你哥，利用懲罰來讓自己好過。事實上你應該站出來，面對你害怕的東西。現在你們之間的距離是你造成的，我認為當你跟你哥站在相同的水平線時，你就會有更多的勇氣去接近他。我相信Cosmos也一定在等你。」

范又昂看著游茹璇堅定的臉龐，第一次注意到自己犯了多大的錯誤，如她所說的，自己始終都在逃避，用放棄音樂逃避過去犯下的錯。

「妳說的對，我一直沒有面對問題。我太軟弱了，靠懲罰自己獲得安心，這次我應該要站出來。謝謝妳。」范又昂鬆開她的肩膀對她露出感激的微笑。

「如果你想聊的話，我不介意聽你說關於過去的事。」

「嗯，改天我想說的時候，妳不要忘記妳剛才說過的話。」

「好，我的肩膀很寬，你想靠的時候，隨時歡迎。」游茹璇輕拍自己的肩膀，回以開朗的笑容。

3-3

沈超宇打著呵欠走進微暗的錄音室裡，春末的天氣讓他感覺比平常更難提起勁。

「喔，活捉Cosmos！今天挺早來錄音室的嘛。」Mask見沈超宇出現便迎向前，笑著搥了一下他的肩膀。

「沒辦法，我是被人硬挖起來的。」沈超宇打開手中的熱咖啡灌進肚裡。

「被人挖起來？女人嗎？」

「是又怎樣。」沈超宇摸摸鼻子坐下。

今天早上他本來想再多賴床幾分鐘再出門，但因為被李思琦知道他幾次遲到挨罵的事，結果一大早就被她硬從棉被裡挖出來趕出房外。詭異的是，明明是李思琦在他家過夜，他卻被客人趕出自家。

「這傢伙太老實了，真無趣。」Mask喃喃自語。

「你可不要又惹出新聞喔。新專輯正在籌備中，如果又有緋聞出現，阿湯哥可不會饒你。」Poison說著瞅了他一眼。

「知道了。」沈超宇點點頭敷衍。他最近總覺得Poison像是經紀人身旁的乖學生，老幫他看著自己。

「這次錄的曲是請我們公司的前輩寫的吧。不是本來說要由Cosmos創作嗎？」Doubt看著樂譜問。

「沒靈感，所以放棄。」沈超宇聳肩。

「原本公司還想請他幫卓以蔚的新專輯寫曲，結果他拖稿拖太久，才又改給其他人寫。他大概已經把所有的才能都花光，江郎才盡了。魔法師也要變成凡人了吧。」Poison話中帶刺。

「也許就是這樣。」沈超宇擺出不在意的表情。

Mask伸手敲了Poison的手臂，要他少說點。

「休息也是必要的，巡迴演唱會結束不過才兩、三個月。」Mask露出微笑緩和氣氛。

「在樂壇上暢銷榜總是一代換一代，我們ＧＭ占了六年，誰曉得會不會有哪個人把我們踢下來。」Doubt一邊看手機一邊說：「最近網路上還盛傳有神似Cosmos的素人歌手，你們有聽說嗎？網路上流傳的DEMO曲，聽起來真的很像。」

「那肯定是刻意模仿的吧。」Mask看向沈超宇，但沈超宇沒理會他，依舊是一號表情。

錄音師進來後，他們停止交談專心在錄音工作上。

#

這日在Jackson家練完團後，Feather提議：「我們是不是該練習一下初賽登場時要怎麼自我介紹？」

「啊，對，這一項好像會被算進舞台魅力裡。」游茹璇點頭附和。

「自我介紹，就是輪流唸自己的名字？」范又昂一臉困惑地問。

「對，說來簡單，但那可是會影響整場演出，畢竟是開場要說的話，如果不小心大舌頭還是講話嗆到，後面的表演可能就會受心情影響。」Jackson說。

「想像一下，在好幾百名觀眾注目下，要說出自己的名字有多可怕。」游茹璇抱著自己的手臂露出慌張的表情。

「我想起來了。小茹第一次上台時，因為太緊張把自己的名字講錯。」Jackson笑說。

「所以之後我們表演都是用英文名字，比起中文字，英文名唸起來比較不彆扭，也比較容易發音。」Feather說。

「妳取了什麼名字？」范又昂一臉好奇地看向游茹璇。

「我嗎？Ruth。」游茹璇摸摸瀏海，臉頰映上紅暈。

「阿又，你要不要也取一個英文名？講中文名會怪饒口的。」Jackson說。

范又昂也不是沒想過這個問題，事實上他這些日子都在想，上台不可能完全不說話就開始演唱。而他要怎麼講出自己的本名，要是被別人聯想到他的母親范有蓉的話，那麼他的哥哥Cosmos的事肯定會被提起。

「英文名字，我好像只有小學補習英文有讓老師取過，但我已經忘記是什麼名字。」范又昂神情茫然。

「這樣好了，小茹，妳幫他想一個名字如何？」Jackson露出別有意味的笑容。

「我來想嗎？」游茹璇露出一臉像咬到舌頭般的吃驚表情。
「妳不是英文系嗎？想一個好記又有趣的名字看看？」Feather跟著勸說。
「我取好嗎？」游茹璇望向范又昂。
范又昂看著她點頭說：「妳取吧。我也很好奇妳會幫我取什麼名字。」
游茹璇突然覺得范又昂的眼神看得她臉頰發麻，不禁閉眼沉思說：「要有特色又可以聯想到本人的英文名字，又不可以太饒口……」
游茹璇苦思了將近十分鐘之久，就連Feather也忍不住問：「她是不是睡著了？」
這時游茹璇突然發出「啊」的一聲，雙手一拍說道：「叫ＵＰ怎麼樣？」
「ＵＰ？」范又昂面露疑問，跟著覆誦。
「ＵＰ的意思剛好跟又昂的名字意思相近。『又』本來就有更上一層的意思，而『昂』就更不必多說了。」游茹璇解釋。
「嗯，簡潔有力，挺不錯的。」Feather豎起大拇指讚許。
「我也覺得很好，阿又，你呢？你的想法最重要。」Jackson說。
「很不錯，我很喜歡。」范又昂對她露出滿面愉快的笑容。
游茹璇臉頰不禁泛紅。
「喂，小茹，不要搞錯，他指的是名字而已。」Feather話才剛出口馬上腹部遭到吉他重擊。
「小茹，好好珍惜妳的吉他，好嗎？」Jackson苦笑。

第四章

站上舞台

4-1

藝文中心禮堂內聚集了眾多前來觀看比賽的學生，范又昂等人待在後台除了主持人的閒聊聲外，依稀還可聽見觀眾細微的交談。

工作人員將樂器搬上舞台，下一組樂團上場準備表演。

「快、快輪到我們出場了。」游茹璇掐著自己的手指，聲音微微顫抖。

「Ruth，妳又不是第一次參賽，在緊張什麼？」Feather笑著輕拍她的肩。

「不要在這個時候突然改叫我的英文名字啦！」游茹璇歇斯底里地大叫。

「Ruth，妳在後台大叫小心聲音傳到舞台上。」Jackson笑說。

「怎麼又昂好像都不緊張，明明就是第一次上台。」游茹璇露出了不滿的眼神鼓起臉頰。

范又昂伸手戳了她的臉頰說：「我要是緊張的話，等一下上台唱歌走音大家就不用玩了。」

「范又昂，我以團長的身分命令你不要烏鴉嘴。」Feather一手筆直地指向他。

「Feather，你知道你的貝斯揹反了嗎？」Jackson說。

聽到Jackson的話，Feather慌張掃視自己的貝斯，結果根本只是被Jackson惡整罷了。

「我才沒揹反哩！」Feather伸手拍了Jackson的頭。

「緊張也沒什麼大不了的，每次上台我也會很緊張，還擔心因為手汗把鼓棒甩出去。」Jackson轉了一下鼓棒說。

「你才可怕，別把比賽變成喋血命案。」Feather吐槽回去。

此時外頭傳來鼓掌的聲音，顯然是表演結束準備換場。

「謝謝蛋頭樂團的表演，讓我們接著歡迎下一組樂團上場，換場前，請各位不要走開。」

外頭場控的燈光暗下，上一組表演的樂團在工作人員協助下將爵士鼓撤下，並將Jackson的鼓推上台。

「要開始了。」Feather對著其他三人伸出手，四人四手交疊小聲喊道：「加油！」

范又昂跟在最後方走上台，當四人就定位後，燈光亮起。不曉得是不是因為看了網路留言的關係，他感覺台下所有觀眾都將焦點投注在他身上。

Feather作為團長率先開口：「大家好，我們是Floating漂浮樂團。我是團長兼貝斯手的Feather。」

「我是鼓手Jackson。」

「我是吉他手Ruth。」

最後輪到范又昂壓軸自我介紹，他望著觀眾茫然一愣說不出話，而Jackson輕敲鼓邊，他才回過神露出一抹微笑說：「我是主唱ＵＰ，請仔細聽好我們的演出！」

鼓聲敲擊著輕快的節奏，吉他和貝斯恰到好處地加入旋律，范又昂隨著音符的律動用腳踏起節拍，閉上眼睛心中緊張的心情一哄而散，所有心緒沉浸在音樂的起伏中。富有磁性的嗓音從他的口中躍出時，台下的觀眾被氣氛帶動隨著音樂搖頭擺手。

當歌曲進入到高潮的副歌時，竟有觀眾開始興奮地高聲呼喊尖叫，而其中亦有人喊出ＵＰ的名字。聽見歡呼聲，四人的演奏與演唱的韻律也隨之加快，整個禮堂有如小型的演唱會，在Jackson敲下收尾的一聲鼓響後，在場觀眾停頓了一秒接著如雷的掌聲和尖叫迸發而出。

「我是真心想看看你站在舞台上會是什麼模樣。」范又昂回想起當時游茹璇對自己說過的話，他心想在別人眼中，自己現在究竟是什麼樣子。可能是他這輩子笑得最開懷、奔放的模樣。

在燈光漸漸暗下時，范又昂轉頭對著其他三人露出燦爛的笑容。

下午五點，評審統計完全部六十組的成績，計分項目包含技巧、音色、演奏、台風、編曲、詮釋、舞台效果等，在將各項目的成績加總後，選出其中二十組進入決賽，亦即只有三分之一的樂團可以晉級。

由上一屆冠軍表演完後主持人上台。

「各位觀眾和辛苦的參賽團隊，讓你們久等了，本次初賽評分已經統計完畢，剛熱騰騰出爐，相信大家的內心一定十分亢奮，尤其參賽者們更是既期待又怕受傷害吧。現在就由我來為各位揭曉這次進入決賽的組別。」

「怎麼辦，我不敢聽。」游茹璇站在台下緊張地摀住耳朵，而站在她旁邊的范又昂朝她伸出手，將她的手抓下來，輕輕握住。

在主持人唸出一個個進入決賽的團名時，四人身後紛紛傳出歡呼聲。

范又昂感覺到游茹璇指尖因緊張而發冷，便悄聲說：「不要緊張，我對我們有信心。」

這時主持人唸道：「Floating漂浮樂團！」

台下觀眾用力鼓掌歡呼。

「是我們嗎？」游茹璇睜大眼睛看向范又昂，范又昂點了點頭。游茹璇興奮之餘，忍不住抱住他大聲尖叫。

「我們真的進決賽了。」游茹璇鬆開他，轉身和其他幾名成員擊掌。

「拜託，我多久沒表演到起雞皮疙瘩了。」Jackson捲起自己的袖子說。

「也不看看團長是誰，當然會進決賽。」Feather也不禁得意地翹起尾巴。

范又昂對三人露出微笑，然而當他想起之前和游茹璇約定：如果進入決賽就要和哥哥沈超宇聯絡的事。忽然間，一顆心又沉了下來。

#

初賽結束後，再過兩週就是決賽。范又昂走在校園內，總覺得好像有人在盯著他看，或是用手機對著他。他努力說服自己只是想太多，不然就是因為上台表演的緣故，所以有些人覺得他面熟罷了。然而實際上似乎還和網路上盛傳的流言有關。

上回的DEMO只有聲音沒有影像，而這回初賽上台露面後，大家覺得范又昂不僅聲音神似Cosmos，就連長相也十分相近。一時之間在PTT和FaceBook掀起了討論的風潮。

「大家好像都在討論你。」Jackson和范又昂會合時說。

「所以不是我的幻覺嗎？」范又昂苦笑，脫下遮面的口罩回應。

「似乎有人查到你的本名。」

「很容易吧。我想大概是我系上的同學出賣我了。」范又昂拉起兜帽罩在頭上避開路人的視線。

「他們以前沒問過你嗎？」

「只有熟的朋友知道，不熟的同學也頂多猜測不敢直問。」

「也是。你知道你不笑的時候，冷漠得有點嚇人嗎？」Jackson刻意開玩笑。

「最好是。」范又昂搥了一下對方的肩膀。

「神奇的是，你在這裡讀了快滿三年，竟然沒有人來採訪你。媒體不是最愛報導哪個大明星的兄弟姊妹嗎？況且你又跟你哥一樣長得吃香。」Jackson不禁露出羨慕的眼神。

「我可不希望這種事發生，那一定是場噩夢。」

「等到決賽，肯定會有更多人關注這件事。畢竟你哥可是號稱音樂魔法師的Cosmos耶。」Jackson壓低聲音故作神祕。

「嗯。」范又昂搔了搔頭。他還沒想好何時要實現和游茹璇的約定，和哥哥沈超宇聯絡。

「放心，決賽評選項目不包含表演者的長相，你只要盡情唱歌就好。要是有的話，我們早就不戰而勝了，瞧瞧我的臉。」Jackson開玩笑安撫他。
范又昂噗哧一笑，說道：「知道了，把你放在後面敲鼓真是太浪費。」
「是吧，或許該把我調到前排打鼓，而你到後面唱歌。」
兩人互看了一眼笑出聲。

4-2

到了決賽當天，藝文中心禮堂比起初賽時聚集了更多人。舉辦的日期是在星期六，來場的觀眾除了學生外，似乎還有不少專業的音樂工作者。

「好緊張！人好多。」游茹璇慌張跺腳。

「冷靜點小茹。」Jackson拍她的肩膀安撫。

「這是我第一次參加決賽耶。」游茹璇抹了抹指尖的手汗。

「你們看那個人長得像不像是哪個音樂製作人？」

「只是因為他長了搓小鬍子吧。年紀好像不大，會是製作人？」Feather和Jackson開始對觀眾品頭論足。

「但可以確定的是，評審裡有專輯製作人。」范又昂指著演出表上的評審欄，裡面列出了知名樂團放縱樂團的專輯製作人。

「不要說了，我覺得我的午餐會吐出來。」游茹璇伸手蓋住范又昂手中的演出表。

「大學最後一場表演能站在決賽舞台上，真是太感動了。」Feather哽咽。

「這個留到慶功宴再講吧，準備好了沒？要進後台預備了。」Jackson指向後台的方向。他們是第六組演出樂團，表演順序約莫在上半場中間。

第五組樂團表演完後撤場，走進後台。他們經過范又昂身旁時，總忍不住多看他一眼。另眼看待的目光使范又昂感到有些不自在。

「走吧，該上台了。」Feather轉身對三人說道。

在范又昂走上台前，游茹璇突然握住他的指尖。他轉過頭，不禁疑惑地看向她。

游茹璇雙頰微紅抬起頭說：「我當初找你來當Floating的主唱，不是因為你像Cosmos，而是因為你是你。盡情享受在舞台的時光吧，UP。」

「謝了。」范又昂聽見她的話，心頭感到一陣暖意，伸出手刀輕敲她的頭，臉上浮現微笑。

才剛站上台輪番自我介紹後，台下就聽見有人喊出Cosmos的名字。

只有我才能證明我自己，今天，此時此刻，我只是Floating的UP。

范又昂穩住自己的情緒，在Jackson的鼓聲下演奏正式開始。他握住麥克風，當輪到他該開口時，他毫不遲疑張大口開始高唱。除了鼓聲、吉他聲、貝斯聲，他也認真聽著自己的聲音。

屬於他的，獨一無二。

他感覺自己比初賽時更加自由、奔放，彷彿沒有時間和空間的束縛，靈魂隨著音符一起自深海中漂浮而出，所有混雜的情緒自腦海中一哄而散，彷彿是——第一次聽見屬於自己才有的聲音。

音樂結束後，台下如浪潮般波濤而來的掌聲響起。一股暖意自范又昂的腹腔一直暖到喉頭，那是一種盡興而停不下來的快感，他漸漸覺得自己對站上舞台愈來愈上癮了。

那日，對Floating四人來說，是永生難忘的一日。在觀眾的興奮呼聲下，主持人宣布這屆金音獎最佳創作樂團的首獎那刻，四人擁抱在一起，欣喜若狂。身為團長的Feather當場對三人告白，感動得又哭又笑。

這份榮耀和感動僅屬於他們四人。

#

昏黃的路燈下，公園內除了散步遛狗的人外，不見幾個人影。沈超宇和李思琦走在路燈照射範圍外，手牽手散步。

「今天還不想放妳回家。」沈超宇握著李思琦的手說。

「傻瓜，新專輯不是快出了。出來見面就已經很不容易，還想什麼。」李思琦捏了他的臉頰，溫柔一笑。

「不知道還要這樣偷偷摸摸多久。乾脆直接開記者會公開我的神祕女友，這樣就不必再提心吊膽了。」沈超宇靠向前親吻她的額頭。

「你可是大名鼎鼎的ＧＭ主唱，要是被知道了，我不曉得在路上會被多少人白眼。」李思琦發笑，伸手呵他癢。

「大概很多吧。因為我就可以正大光明站在妳旁邊，妳會被很多忌妒的眼神殺死。」

「公開對你不利，你才二十六歲，還是演藝圈的黃金年齡呢！讓女粉絲知道你真的死會了，不曉得會損失幾百萬歌迷。」

「但是妳呢？妳的朋友們都已經有人結婚了吧。妳不想嗎？」沈超宇想起在李思琦家裡看到的那封喜帖。

「在說什麼？有人說要嫁給你了嗎？我朋友們都當我沒對象，急著幫我介紹呢。」李思琦俏皮一笑彎下腰，歪頭朝上看著沈超宇的臉。

「都六年了，妳捨得放掉我這條大魚，找別的男人？」

李思琦站直身，露出寂寞的眼神看他。

沈超宇注視她無語的表情，心中感到寂寞。他握住她的右手，輕輕揉捏著她無名指的指節，柔聲問：「現在或許還太早，但是過了兩三年後，妳難道不會改變想法嗎？」

李思琦反手握住他的手，輕聲嘆氣說：「要是結婚了，我們的狀況會改變嗎？依舊在三百六十五天裡，只能見上不到一半的時間。」

「至少比牛郎織女好上很多。」沈超宇笑著說。

「這不好笑。」她向後退了一步，盯著沈超宇的臉，表情變得很嚴肅。

「抱歉。」沈超宇搔了搔後腦勺，面露歉意。

「我喜歡看你在舞台上唱歌的樣子，雖然你最近似乎承受很大的壓力，可是我不想因為自己而綁住你。你可以有更好的發展。我是說，你起步得很早，發展到現在正是你最耀眼的時候，你甚至可以唱到五、六十歲。」

「五、六十歲？妳確定我那時候還能在舞台上又唱又叫嗎？」

「可能會有醫護人員在旁邊幫你抽痰，以免你噎死在舞台上。」李思琦露出調皮的笑容。

「如果成真了，我也會是歌唱界的傳說吧。」沈超宇對她詭異的黑色幽默苦笑。

李思琦靠向前，一臉疼愛地伸手摸了摸他的臉頰：「你是舞台上的大明星，也是我心中的大明星。我愛你在舞台上的樣子，雖然我最愛的還是你在我身邊時邋遢的模樣。你只是因為一時迷惘了，等你度過這個難關，誰曉得你還會不會想結婚？」

「我想，我還是會想。妳太好，所以當我看不到妳的時候，我會很慌張，怕妳被搶走。」沈超宇握住她的指尖。

「我們交往很久了，我也明白你家裡的狀況……你確定你想要的是我，而不是單純想要安全感嗎？」李思琦面露不安。

「我想要妳，也想要有安全感。」

「傻子，認真想一想再說這種話，不然會讓女孩子傷心。」李思琦勉強堆起微笑輕拍對方的胸膛。

沈超宇沒回應，只是突然摟住她，把她的臉埋在自己的胸前，小聲在她耳邊說：「把臉藏好，有狗仔。」

李思琦聽了心頭一驚，靠在他胸前不敢動。沈超宇把外套脫下來，罩在她頭上。

在他們的左後方發出刺眼的閃光燈，沈超宇拉好外套，確定李思琦的臉不會露出來。

「現在該怎麼辦？」李思琦握住他的手腕小聲問。

「妳先待在這裡等我，小心不要露臉。」沈超宇雙手按著她的肩膀，要她安心。

「你要做什麼啊？」李思琦遮著臉窺看，只見沈超宇往陰影處跑去。

「你們剛才拍照了吧，相機給我。」沈超宇表情嚴肅，對兩名狗仔伸出手。

狗仔不肯，沈超宇嘆了口氣奪走相機用力往地上摔，而後抓起壞掉的相機，一臉淡然地說：「抱歉你的相機已經壞了，我就拿走囉。新的會再賠給你。」

狗仔們看他態度平靜反而傻住不敢說話。

沈超宇轉過頭走了幾步後，又回頭說：「對了，為了幫你們省事，我會自行去警局備案，你們可以回家了。」

沈超宇握住李思琦的手，抱著她的肩膀，送她回家。

當晚，沈超宇出現在台北某間派出所裡，夜晚值勤的警察看到明星不禁揉了揉眼睛，以為是自己看錯。

「抱歉，我是要來自首的。」沈超宇摘下眼鏡說。

「自首？請、請問發生了什麼事嗎？」警察皺起眉頭，表情驚訝。

沈超宇露出一臉苦惱，開口說：「我是第一次遇到這種事，不知道該怎麼處理。我不小心把記者的相機摔壞了，不，其實是蓄意破壞。這應該算在刑法還是民法的罪刑？」

幾天後報紙頭條上出現Cosmos進警局的聳動標題，而實際上他只是將自己破壞狗仔相機的事自行向警察備案。至於相機被破壞的狗仔，也在報導上寫下浮誇的字眼表示Cosmos如何暴力搶奪相機或是怒罵他們，經紀公司僅簡短表示請開立驗傷單，會依法處理。

輿論對於他的這個行為反應兩極，然而ＧＭ的粉絲則團結起來大讚Cosmos做事有擔當，反而起了正面效應。

新聞報導出現當日，沈超宇馬上收到來自李思琦的訊息：

「傻子，專輯發售日快到，上新聞了怎麼辦？」

「被經紀公司罵慘了……」沈超宇回應。

「如果是我也會想罵死你！」

「幸好他們沒其他備用的相機」

李思琦隔了一分鐘後回應：「就說你是傻子了，笨蛋！」

4-3

決賽結束一週，Floating四人相約到Jackson家慶功吃披薩。

外送披薩來後，打開電視要準備播放租來的電影時，好巧不巧正好是報導Gas Mask的新聞。

「啊，是GM的新聞。」Feather叫出聲。

新聞畫面上出現沈超宇和其他三名團員的身影。沈超宇面對記者的提問，露出一臉尷尬的表情。

「看點別的吧。今天是慶功宴耶。」游茹璇顧慮范又昂的心情，快手搶走Feather手中的遙控器。

「沒關係，我也想看。」范又昂將游茹璇握住遙控的手往下壓。

Gas Mask新歌發表會上，演唱了新專輯的三首主打歌。女主持人Joanna介紹完GM新專輯的製作團隊和作曲者後，快語逼問主唱Cosmos與緋聞女友的新聞。Cosmos只是笑而不答，但表情卻很僵硬。

而當被問起弟弟在金音獎獲得最佳創作樂團獎時，他也只是笑說沒聽說但給予祝福，似乎對弟弟參賽得獎的事情並不知情。最近Cosmos不僅緋聞女友連素人弟弟的出現也成了話題。以上是新聞記者……

新聞接著切入廣告。

「喂，我們會不會因為阿又雞犬升天一起變成紅人啊？」Feather笑出聲緩和氣氛。

「Feather本來就是羽毛，不必阿又自己就能飛吧。內定四十五K的勝利組。」Jackson出口酸他。

「沒想到只是在學校和Facebook上出現的話題，竟然在記者會上被問到。」游茹璇說著，目光瞥向范又昂。

「這早就不稀奇了。現在的媒體不都會在PTT和Facebook找新聞嗎？總之，身為名人上新聞是好事，不管是正面負面都是免費宣傳吧。」Jackson抓起桌上的披薩口齒含糊地說。

「我哥上新聞本來就不是什麼稀奇的事。」范又昂聳肩，但表情卻顯得些許陰沉。

「不過你哥真有責任感，竟然自己拿著打壞的相機到警局自首賠償。為了保護女朋友，他倒是條真漢子。」Feather伸出手比讚。

「新聞都是一陣一陣的，大家很快就會忘掉，快來看電影吧。」游茹璇倒了杯可樂遞給范又昂。

范又昂安靜喝可樂，可樂灌入他空盪盪的胃裡，感覺氣泡在上升。他回想起剛才新聞上哥哥聽見關於自己參賽得獎的問題時，表情一點也不吃驚，或許早就在網路上間接知道了。

第一次聽說時，哥哥會是怎樣的表情？高興還是寂寞。范又昂沒有足夠的膽量主動打電話給他，怕收到回信也不敢寫Email或傳訊息給他。

他會不會覺得我在躲避他？或許我該聽游茹璇的話，在初賽通過後就跟哥哥聯絡，可是時間愈拖愈久，有些話就愈難說出口。范又昂不自覺地陷入沉思。

「今天可是慶祝我們大獲全勝，開心點吧。」游茹璇看出他的表情，面帶微笑舉杯輕敲他手中的杯子。

范又昂看著她，抿嘴一笑。他還有一件事沒跟他們三人說，在那天結束後，他接到一通未知來電，電話那頭的人對他說：

「我這裡是Dream Maker經紀公司，你有沒有興趣加入我們新組的樂團？」

#

范又昂回家後從衣櫥裡的角落拿出了四年久違沒碰的吉他，吉他袋上起了一些發霉的白斑。拉開吉他的拉鍊，裡面裝著一把黑漆吉他，吉他上頭有一些細微的傷痕，那傷痕在這吉他到他手中時就有了。

在買下這把吉他那天，他在樂器行見到它就覺得這把吉他跟自己很有緣，認為它就是自己夢寐以求的吉他。

「弟弟，想買吉他嗎？會彈嗎？」樂器行的老闆彎下腰對才國小六年級的范又昂說道。

范又昂不說話只是搖頭。

「要不要摸摸看？」老闆將吉他拿下來端在他眼前。

范又昂抬頭露出又驚又喜的眼神抱起吉他。以前他父親沈仁傑在家時總是會抱著吉他一邊唱歌一邊作曲，所以他在耳濡目染下，也曉得吉他該怎麼抱、怎麼撥弄。吉他的木頭香味讓他想起父親，雖然他對父親一直是又敬愛又畏懼，但他很喜歡看父親彈吉他，也很喜歡吉他的味道。

「喔，很有架子喔。」老闆笑著說。

這時店門口傳來高跟鞋急促的腳步聲，一名戴墨鏡、穿著高雅的女人走進店裡。陰天的台北戴墨鏡或許看來奇怪，但對范又昂來說卻很稀鬆平常，因為這女人是他明星母親范有蓉，而墨鏡正是她隱藏身分最常用的方式。

「小又，媽媽不是跟你說過別亂跑嗎？我在麵包店裡買完麵包，一轉頭你人就不見了，要是遇到壞人怎麼辦？」說完，范有蓉對老闆露出燦爛的商業式笑容，意指不是在說你。

「媽媽，吉他。」范又昂面露欣喜，對著母親說。

范有蓉見到吉他便聯想到前夫不禁皺起了眉頭，但是看范又昂天真愉快的表情又堆起微笑問：「小又喜歡吉他嗎？」

范又昂笑著點頭。

「不過這把吉他似乎有點舊。」范有蓉眉頭微蹙，認真打量。

「小姐，這把是展示用的，算是二手，可以算您便宜一點。」老闆說。

「換把新的好了。」范有蓉看著牆壁掛架上其他把傳統的民謠木吉他。

「媽媽，這把就好。」范又昂拉著母親的裙襬懇求。

「新的不好嗎？」范有蓉拿起范又昂手中的吉他，熟稔地撥弄琴弦，和民謠木吉他相比，共鳴的音質略遜一成，「其他把音色不是比較好？媽媽給你買把新的如何？」

「我喜歡這把，這把就好。」范又昂說著雙手伸向母親手中的二手吉他。

范有蓉鬥不過兒子天真的臉，只好答應以打折的價格買下那把黑色的二手吉他。

在那之後，范有蓉就擔任兒子的吉他老師，教他怎麼彈奏。雖然她不像沈仁傑經常在舞台上表演吉他，但她早期出道時，也是以自彈自唱起步，對演奏吉他挺有一手。

「把你關在衣櫃裡，總覺得很過意不去。」范又昂抱著吉他，彈奏起這次參賽的曲目，開口唱歌了幾句，忽然哥哥在演唱會上落寞的表情浮現在腦海裡，他一瞬間愣住放下吉他往後仰躺在地上。

「如果跟哥哥見面後應該要說什麼？跟他聊我加入樂團參加比賽的事？哥哥會高興嗎？」范又昂側身枕在自己的手臂上嘆了口氣。

「小又，在彈吉他？」他母親范有蓉打開門，露出一道縫隙看著他。

「很久沒摸了，拿出來看看。」他爬起身搔了搔頭。

「你有好些年沒碰吉他了，我想說你玩膩音樂，不過似乎不是這麼一回事，對吧？」范有蓉走進房間裡。雖然已經五十多歲，而且轉型走向幕後工作，她依舊保養得像三十歲凍齡。

「妳是不是從新聞裡知道了什麼？」范又昂坐起身，表情一沉。

「別說新聞了。我是你媽，你在做什麼我會沒發現嗎？」范有蓉笑著說：「你現在又重新開始玩音樂了吧。」

范又昂點了點頭說：「現在和幾個朋友在玩樂團。」

「你跟你哥一樣喜歡音樂，這點果然很像。以前給你買吉他時，我想起你哥小時候吵著要買電子琴時的表情。」范有蓉想起過往會心一笑。

「電子琴？有這件事？」

「買電子琴時你還很小，你哥小宇後來被你爸拉去學吉他，所以你才不記得電子琴的事吧。他在彈電子琴時，你總喜歡坐在他旁邊看著他演奏。」

「我還真的不記得了。」范又昂按了按肩膀，表情心虛地看著母親，「媽，妳還有跟哥聯絡嗎？」

「小宇嗎？我偶而會打電話給他，但他話總是很少，加上這幾年又忙，聯絡的時間就更少了。新聞知道他的訊息，比我這個做媽的還靈敏。」范有蓉苦笑。

范又昂知道他母親指的是沈超宇的神祕女友，摸摸脖子笑了笑，沒想到連他母親也不曉得。

「也許他在生氣我選擇帶你離開而不是他吧。就算他是哥哥，但那時他也只是小學生，根本還是孩子，你們爸的個性你多少應該知道。小宇就連回台灣後，也沒跟我見上幾次面。」范有蓉嘆了口氣，「當時我們分手得難看，離婚後我總是避開和他有關的消息。在那之後你也不太敢跟我提起你爸。小宇在美國的日子究竟過得怎樣，我也不清楚。」

「爸爸，他有時候會帶一些沒見過的女人回家，喝醉的時候會打我，我覺得好可怕、好痛苦……我果然還是想回台灣。」

沈超宇當年在電話裡對自己說過的話又再次浮現在范又昂的腦海裡。就算隔海越洋，他也感受得到、聽得到哥哥內心的委屈，可是他卻選擇裝作沒聽見，也不敢跟母親說。

自從他目睹范有蓉將一整把藥丸吞進肚裡送到醫院洗胃的畫面後，他再也不敢跟母親提起任何和父親有關的事。

兩人沉默了幾分鐘後，范又昂緩緩開口說：「媽，Dream Maker的經紀公司打電話給我。」

范有蓉愣了幾秒後，開口說：「Dream Maker？那不是你哥哥的經紀公司宇瀚的競爭對手嗎？他們找你的樂團出道？」

范又昂搖頭說：「他們只找了我。」

「那你的決定呢？」范有蓉眉頭微蹙。

「我不曉得。」范又昂抓起手中的吉他，手指撫過琴弦深嘆了口氣，指尖一陣發麻。

那個觸感挾帶著他對音樂的渴望、期盼，還有不安。

他抬頭看向母親，問道：「如果是哥哥，他會希望我怎麼做？」

4-4

「各位，我有件事想跟你們說。」范又昂清了清喉嚨，神情有些緊張。

他第一次提起Dream Maker找他的事，是在期末考前四人聚餐的時候。

「怎麼這麼嚴肅。阿又，你是怎麼了？」Jackson說。

「其實在金音獎結束那天，Dream Maker的人打電話給我。」

「Dream Maker？就是那個Moon Walker和Crazy Clown的經紀公司？真假？你不是睡傻夢到的？」Feather問。

「會睡傻夢到這種夢的只有Feather吧。」游茹璇笑說。

「他們跟比賽單位要到我的電話，打給我說是想找我加入他們新組的一個樂團。」范又昂皺起眉頭，不安地看向三人。

三人互看了一眼，陷入沉默。

Feather突然瞪大眼睛打破沉默說：「你還沒答應？」

「我該答應嗎？」

「傻子，是我一定馬上答應，還會叫Dream Maker立刻拿契約給我簽名，免得他們反悔。」Jackson附和。

「你應該答應。決賽那天，整個舞台就像是為你而生。」游茹璇看著他說，然而表情卻帶有一絲落寞。

「不過Dream Maker找你的意圖不難想，他們跟宇瀚打對台打了很久，但是始終無法超越宇瀚的GM帶來的高銷售量，他們找你就想要話題，大家都會想看兄弟打對台。」Feather說。

Jackson用叉子搶走Feather盤中的一塊雞塊說：「我不這麼想，要是我是經紀公司會找個同類型的人來唱歌嗎？你想想，我要組一個新團，找複製品幹嘛？大家要聽當然是聽本人就好，單是話題一下子就會被Cosmos的緋聞蓋掉。我認為Dream Maker一定是認為你有潛力打敗GM的銷售量，所以才會想投資你。」

Feather把桌上的衛生紙扔向Jackson說：「喂，不要扭曲我的話，阿又永遠都是我們Floating的終身主唱，自然很有實力。我多想找歷代的主唱跟阿又一起合唱一首。」

「歷代？」范又昂問。

「除了前任的Peacock，還有第一代的主唱Noise知道我們得獎後，一直吵著要見你。」

話題就這樣被Feather暢談往事下，帶往另一個方向了。

用完餐後，范又昂照例騎車載游茹璇回學校宿舍，而游茹璇卻要求他在回去前一起去一趟唱片行。

走進唱片行裡，因為天晚沒幾個客人，店裡播放著最新專輯的宣傳曲。當紅的歌手、樂團的專輯海報張貼在牆頭，新進專輯的排行榜上Gas Mask依舊沒有缺席。

Gas Mask最新的專輯封面，放了一朵黑白色調的波斯菊和防毒面具，就是要讓人聯想到同時具有宇宙和波斯菊意思的Cosmos。Cosmos已經儼然成為了Gas Mask的代名詞。

「又昂，你過來看看。」游茹璇對他招手，他這才把視線轉離海報。

「怎麼了嗎？」他問。

游茹璇握住他的手腕，讓他的指尖順著架上的ＣＤ盒一片片滑過。游茹璇的手溫傳到他手上，使脖子連帶感到陣陣癢癢、麻麻的感覺。

「你現在是什麼心情？你會不會感到亢奮，一股想要展現自己的衝動，希望有朝一日自己的專輯能被放在這裡。」游茹璇目光依舊停留在專輯上。

范又昂深吸了口氣，仔細感覺ＣＤ盒光滑的觸感，每張唱片被包裝得十分完好，他心想裡面究竟裝了演唱演奏者多少的熱情和努力的血汗，內含著奮力想讓自己發光展現的衝勁。

他確實感受到了，就如同游茹璇所說，他有一股衝動、一種急切的渴望想揮灑而出，但這樣的心情實在太難用語言表達了。

他抿嘴說：「我覺得心癢癢的，有點像心臟起了雞皮疙瘩，即使心臟沒有皮膚和毛孔。」

「我懂，我在摸這些ＣＤ時也有同樣的感覺。你知道全世界有多少人會樂器、會唱歌、會寫曲寫詞嗎？」

「我不知道。」范又昂搖頭。

游茹璇抬頭，表情認真地看著范又昂說：「那你知道有多少人能將自己的一面化為實體展現在眾人面前，分享給更多人嗎？」

「那一定是比前面問題的人更少吧。」

「當然，第一個問題的人，至少七成希望能成為第二個問題的人，但是能實現的人非常少。」游茹璇鬆開范又昂的手，以自己的指尖輕觸ＣＤ盒。

「游茹璇，妳也想成為第二個問題裡的人嗎？」

「我是，Feather、Jackson也是。我一直認為，每個人的基因裡多少都有想成為暴露狂的表現心態。不管是音樂人、作家、舞蹈家、畫家，每個人都想展現自己。就連你也是。」游茹璇將雙手放在他的肩上，垂下頭繼續說：「你現在有這個機會展現自己，為什麼還猶豫不決？」

「游茹璇，妳……」范又昂看出她臉上的不愉快，「我不曉得該怎麼抉擇，有太多複雜的因素，讓我不知道究竟要不要接受Dream Maker的提議。」

「如果是因為在乎我們，那你就錯了。我不希望你因為我們放棄夢想，你一直是我的希望，所以我找你入團，而你完成我的微小夢想，能和你同台我就很開心了。在初賽之後，我就有預感你會飛向更遠的地方，因為你值得更好的。而Floating還不足夠讓你更加發光發熱。我不敢說我沒有因為你會因此離開Floating而感到難過，但Feather畢業後，早晚團也會散，所以我希望你去勇敢追尋屬於你的舞台。」

范又昂吃驚瞪大眼望著她，伸手將她垂落的髮絲勾到耳後。游茹璇不好意思地仰起頭，接著說：

「如果打從一開始你就認為加入Dream Maker會是錯誤的決定，那麼你當下就會拒絕了，你猶豫是因為你喜歡音樂，你捨不得錯失這個機會。」

范又昂沉思了一會兒開口說：「我不曉得妳在什麼時候學會看透我，連我自己也不懂的心情，妳卻比我清楚。我確實曾經把唱歌當成我的夢想，但我對我哥造成了傷害，如今卻為了實現夢想加入和他敵對的Dream Maker會不會太過自私？」

「你的人生是你的，不要因為你哥的緣故放棄，那只會是成為你未來後悔的藉口。該彌補的並不是用自我傷害來達成，這樣只會讓你跟你哥之間的裂痕愈來愈大。」游茹璇一臉正經地望著他，「而我也知道你還沒實現我們的約定。你還沒見你哥吧。那麼站上舞台，不就是最好的方法嗎？當你們站在同一條水平線上時，也許要開口說話就不會那麼有距離感了。你的夢想不應該因為罪惡感而捨棄，這麼做誰也沒有好處，你明白嗎？」

范又昂輕嘆一聲，勾起嘴角，看著她說：「好吧。我會好好考慮的，謝謝妳，親愛的暴露狂小姐。」

游茹璇發現自己竟然一直把手放在他肩上，雙頰發紅別過頭。

當天晚上送游茹璇返回宿舍後，范又昂馬上撥了電話：

「您好，我是范又昂，抱歉這麼晚還打電話打攪，我決定好了。我要加入Dream Maker。」

第五章

Dramatic Parade

5-1

「啊，沒想到真的來了。」范又昂抬起頭仰望二十幾層樓的大廈，雖然已經做出了決定，但內心依舊不安。

這樣的高樓在信義區，租金想必萬元起跳。他望著玻璃鏡面般的大廈，不禁對演藝界肅然起敬。就連踏進一樓大廳還要換證件才能拿到保全用的電梯卡上樓。

電梯在二十一樓停了下來，門一打開Dream Maker的招牌映入眼簾。

「請問是范先生嗎？」櫃檯小姐在他開口前先提問，對方想必也看過新聞上他被媒體偷拍的照片。

「是。」

「請往這邊走。」

范又昂在櫃檯小姐的帶領下走進一間美式風格的辦公室裡。

「請在這裡稍等一下。」櫃台小姐放了杯水後離開。

范又昂喝著水一邊張望辦公室內懸掛的各式簽名，上頭名字盡是每一代流行的樂團和歌手，最大頭的幾個搖錢樹則掛在正前方辦公桌的後面牆上。

空調太強，讓他感到手臂有些發涼，起雞皮疙瘩。

我真的該來這裡嗎？他不禁心想。

「ＵＰ歡迎你來。」

范又昂聽見門邊傳來的聲音，喉頭一嗆把水吐回杯子裡。

「抱歉嚇到你了，要換杯新的嗎？」說話的男人穿著雅痞，年紀五十出頭。他走到辦公桌前坐下。

「沒事，我不渴。」范又昂搖手婉拒。

「能接到你的電話我很高興，看到這些簽名了吧？以後你也會是其中一個。」男人面帶微笑。

「呃，抱歉我忘記該怎麼稱呼您。」范又昂輕咳了一聲掩飾尷尬。

「我姓趙，叫我Roy就好，敬稱可以省略。」

「嗯，Roy。我有點好奇你座位後方那個最大的簽名是誰？我沒聽過。」

「當然，因為那是我。」Roy笑了笑，「我以前也是玩樂團的，只不過我是吉他手，沒主唱紅，我的樂團是Survivor，你聽過嗎？」

「倖存者樂團？主唱後來單飛了吧。」范又昂雙眼睜大，表情十分驚訝。

「對。」Roy聳肩。

「抱歉。」范又昂突然發覺似乎說錯話。

「你說抱歉，我反而不知道該回什麼。把話題回到你身上吧。就像我之前跟你提的一樣，我希望你加入我們新組的樂團。」Roy雙臂交抱。

「你的樂團應該很久以前就規劃好了吧，為什麼會想找我加入？是因為……」

「你想問是不是因為Cosmos嗎？」Roy露出一抹意味深長的微笑。

「對。」范又昂點頭。

「當然，我一直想拚過宇瀚，Gas Mask可是他們的搖錢樹。」

范又昂聽了他的話眉頭不禁一皺，忽然興起想起身離開的念頭。

「先別急，聽我說。我這個新團已經籌備很久，我想讓他們發光發熱，但一直找不到適合的主唱，更別提我曾經想讓我們旗下當紅歌手A・T轉型，直接兼任主唱。但他一直是偶像歌手，我要的不是偶像，而是能替華語樂壇劃下新時代的人。我在YouTube聽到你跟你樂團的DEMO曲，到了決賽那天，我也去聽了，而我確定你就是我要的人。」

「劃下新時代？我嗎？如果選我，我一定會被拿來和Cosmos比較，這樣你也可以嗎？」范又昂說著哥哥的藝名，不禁感覺饒口又生疏。

「那是當然，當初就是因為網路上盛傳有一個和Cosmos神似的聲音，所以我才注意到你。」

「如果你想要創新，或許該找跟我哥截然不同的聲音。」范又昂搖了搖頭，一臉無奈。

Roy靠向椅背說：「我是音樂人，但更重要的身分是商人，你想到的問題我當然考量過，所以決賽那天我才會去看你們團的演出，而你的表現證實你就是我要的人。我看見的不是另一個Cosmos，而是你。一直讓你提問，該換我問你了。既然你有那些顧慮，為什麼會打電話給我，又為何要來這裡？」

范又昂愣住無語。想藉由舞台以和哥哥平等的地位見上面，這樣的理由似乎有些說不出口，他明白

Roy看出他內心真正的理由。

「我知道你會唱，而且想唱。不只想，還很渴望。」Roy又說。

「但這樣分明就是要我跟我哥打對台，我覺得我似乎不該……」范又昂不禁開始猶豫。

Roy在他把話說完前已經站起身，單手拍桌靠向他說：「范先生，我跟你說明白一點，在金音獎獲得首獎的人通常都會有兩家以上的經紀公司找上門，可是你有幾家？」

「只有你。」范又昂見他激動的模樣，不禁上半身向後仰。

「會有這個情況並非是你不夠好，而是像你所說的，你哥已經是樂壇的奇蹟，再培養弟弟就怕無法比過哥哥。華人圈市場，先是哈日，再來是韓流。如果不是像宇瀚那樣的大公司有財力敢冒險，是不會有人收你的，你了解嗎？而現況能做到的，除了Dream Maker外，就是宇瀚。然而就算宇瀚來找你，他們的重心也還是會放在你哥身上，你就只會是個配角。對我來說，這樣太可惜了。你哥只是比你先出道，而我認為你和你哥不同，你可以有另一番作為。」

「我不曉得這樣好不好。」范又昂搖頭。

「在我眼裡，你不是Cosmos的弟弟，你是你，UP。相信我，你有這個潛力。我願意撒大錢在你身上，證明你值得，這樣你還有任何問題嗎？」Roy露出勝券在握的笑容。

范又昂說不出話，他第一次理解到商人的厲害，完全說進他心坎裡。

「擇日不如撞日，簽好約我帶你去見你的團員，我相信你們會讓整個音樂界版圖翻新。」Roy露出得意的微笑。

Roy拉他上車，兩人一起坐在後座，由司機開車前往Dream Maker的練習所。

「其他團員是怎樣的人？」范又昂在路上問。

「各有自己風格的人。」Roy的簡短回應讓范又昂更加困惑。

練習所位在距離信義區兩個捷運站的位置，走進大樓，裡面看起來像是個小型體育館，一樓是練舞用的，二樓是練唱區，三樓才是練團專用。

幾名看似練習生的高中生見到Roy便對他點頭敬禮。范又昂猜測Roy可能位居相當高階的管理層級。

「到了。」Roy停在一間房間前，輕敲門。

范又昂看著門漸漸被打開，內心感到又緊張又亢奮。這就是我未來的歸屬嗎？他心道。

門一打開鼓聲激動的節奏轟然入耳，先前門關上時隔音完全阻隔了室內的音樂。

「好了，練習暫停一下。」Roy走進室內拍了拍手引起眾人的注意，演奏才結束。想必剛才的敲門聲根本沒傳進室內。三個男人放下手中的樂器，抬頭看向Roy。

「我帶了你們的新成員，ＵＰ進來吧。」Roy朝范又昂招手，他這才從門外踏進室內。

「喔——傳說中的神祕主唱。」貝斯手走向前朝他伸出手。他看起來年紀跟范又昂差不了幾歲，甚至可能比他還小。頂著一頭染金的俐落短髮，皮膚略顯黝黑。

「你好，我是范又昂。」

「你真的是Cosmos的弟弟嗎？眼睛和鼻子真的挺像的。」貝斯手上下打量他。

「嗯。」范又昂尷尬點頭。

「啊，對不起，我還沒自我介紹，我是劉文逸，叫我Luke就好。」

「Luke，你好歹也顧一下先後順序，叫團長我墊在你後面是怎樣。」一個身形高大精瘦的男人走向前，拍了Luke的頭。范又昂注意到他手背上有一小塊大黃蜂的刺青，髮型則是小平頭，模樣嚇人。

「我是鼓手兼團長的黃耀銘，叫我Hornet，Hornet就是大黃蜂的意思。」Hornet露出不相稱的開朗微笑和他握手。

「Hornet，你和Luke都介紹完了，要我該往哪擺啊？團長不是衝第一自我介紹，就是應該要墊底呀。」吉他手一臉不滿地走向他們。

「誰叫Moon動作老是慢一拍，所以才會殿後。」Luke抱怨。

「在新團員面前我就不計較了。」Moon轉向范又昂說：「你好，我是涂文彥，叫我Moon吧。」

和其他兩名團員相比，他的長相多了幾分書卷氣顯得有些斯文，看起來還像是大學生，然而他的左耳卻打了好幾個耳洞。和Roy說得一樣，每個團員都相當具有個人特色。

「總之，ＵＰ歡迎你加入Dramatic Parade。」Hornet說完後，其餘兩人也對他露出微笑。

經過逾半年的時間，Dramatic Parade以同名專輯正式出道。宣傳ＭＶ上，每名團員頭戴遊行面具，一直到歌曲結束後，才把面具揭開。新聞記者靈敏的鼻子馬上嗅出八卦的氣息，大肆報導Gas Mask主唱Cosmos的弟弟ＵＰ正式和哥哥打對台。

新聞一出，專輯瞬間爆紅，在網路上瘋傳。Dramatic Parade的知名度和搜尋率急速暴增，專輯也因此創下新人專輯首週入榜的紀錄。

5-2

衣著繽紛的女主持人站在攝影棚中央，待節目開場奏樂結束後舉起麥克風。

「最近台灣樂壇出現了四名神祕人物，光是專輯發售當週就一躍進入前十名銷售榜，電台點播率更是嚇嚇叫，光聽我這麼說，大家應該都知道是指誰了吧。而今天我們非常有榮幸邀請他們來到娛樂大明星。掌聲歡迎Dramatic Parade樂團！」女主持人話一說完，鏡頭便帶到左手邊的貴賓席，四名大男生映入畫面中。

「大家好，我們是Dramatic Parade。我是團長兼鼓手的Hornet。」

「我是吉他手的Moon。」

「我是主唱ＵＰ。」

「我是貝斯手Luke。」

「非常歡迎你們。Dramatic Parade剛出道就引發了大話題，今天是你們第一次上節目吧？」

「對，我們都是第一次，看到美麗的主持人，現在很緊張。」Luke一臉興奮，完全看不出哪裡緊張。

「第一次上節目就來我這裡，真是太讓人感動。」女主持人露出甜美的微笑，「你們的同名專輯

〈Dramatic Parade〉不僅風格新鮮，就連ＭＶ戴上了威尼斯嘉年華的面具也十足讓人印象深刻。更重要的是，你們的主唱出身有點特別。」

ＵＰ不小心輕咳了一聲。

「我們ＵＰ是金音獎創作樂團獎首獎贏家，所以在ＰＴＴ板上也很多人討論吧。」Hornet開口說。

「不過最讓人好奇的是，ＵＰ你哥哥是知名樂團Gas Mask的主唱Cosmos。我很好奇，你們兄弟私底下是怎麼相處的？」女主持人露出一臉好奇，直白地問。

「Cosmos他們團很忙，所以沒什麼時間見面。」ＵＰ苦笑。

「所以你也沒見過他的緋聞女友囉？」

「我哥比較重隱私，所以我也不清楚。」ＵＰ簡單帶過。

「你哥知道你進了Dream Maker，他有表示什麼嗎？」

ＵＰ愣了幾秒，抓了抓額頭表情有些尷尬，說：「他說了祝福。」

「真的很不錯，你們兩兄弟都很有才華。」

「沒錯，這次的專輯ＵＰ也有參與作曲。」Moon趕緊把話題拉回來。

「說到你們的這張專輯，風格是走華麗風，對吧？」主持人這才把話題回歸新專輯。

范又昂盯著電視螢幕嘆了口氣。他萬萬沒想到真的上節目後，遇到這些八卦的問題會讓他這麼緊張。就算Roy指導過該怎麼反應，但實際上場他卻把教過的對應技巧全忘光了。

「Cosmos真的跟你說了祝福嗎？不是你瞎掰的吧。」Luke走到沙發旁的空位坐下。他們Dramatic Parade四名團員正聚在Dream Maker的宿舍裡看自己首次上節目的畫面。

「啊，對。」范又昂回神點了點頭。

「都沒怎麼聽你提過你哥，你出道了全家都是藝人耶。完全是演藝世家。」Luke笑說。

「實際情況有一點複雜。」范又昂苦笑。

「好了Luke，你也是主持人嗎？」Hornet敲了一下Luke的頭。

「我只是好奇嘛。」Luke抱怨。

「之後搞不好會有機會同台。」Moon坐在對面說。

「同台？你是說Gas Mask嗎？」Luke眼睛突然亮了起來。

「新聞做這麼大，媒體又最愛炒作新聞，這是非常有可能發生的事。」

「要是真的同台，一定免不了被比較一番。」Hornet煩躁地抓了抓後腦勺。

「也是，網路上早就一堆Gas Mask的粉絲在我們YouTube上的MV留言。」

「總覺得因為我帶來負面的影響。」范又昂面露不安。

「不會啦，你想哪個新出道的樂團才一張專輯就可以得到這麼多矚目。」Hornet安慰。

「但被寫到沾哥哥的光才紅，聽起來不太順耳。」范又昂嘆氣。那句留言就像是否定他們的才能。

「不過事實上我們確實是因為Cosmos才有這麼多上版面的機會。日子久了，他們就會注意到我們的實力了。不要小看Roy對錢的執著。」Moon開玩笑拍了一下范又昂的手，幫他打氣。

范又昂對他感激地回以微笑。他拿出手機，那封來自沈超宇的簡訊依舊靜靜地躺在收件匣裡。

他一直沒膽聯絡沈超宇，等到專輯要發售當天，他才傳了簡訊給哥哥：

「哥，我出了專輯」他發了才覺得自己像是放馬後炮。MV早就在專輯發售前就已經在網路上傳開了。隔了一天，他收到來自沈超宇的回應：

「恭喜，改日舞台上見。祝好運」

只有簡短幾個字，看不見沈超宇的表情，他不知道哥哥究竟是以什麼樣的心情看待他出道的事。

#

Gas Mask的經紀人阿湯哥最近因為過多和Cosmos相關的新聞而忙得不可開交。要頻繁應付記者的電話，還有網路上一些非理性的網友留言，讓他感到身心俱疲。當他踏進會議室時，Gas Mask四名團員和宇瀚的公關長、分析師等人早已就定位。

「抱歉，我來晚了。」阿湯哥點頭道歉，並在團長Mask旁的空位坐下。

「那麼會議開始吧。」公關長操作電腦，投影機屏幕放出整個事件的簡報。

阿湯哥嘆了口氣，起頭說：「這次的問題有些棘手，Dream Maker竟然找Cosmos的弟弟組了新團，很明顯是對我們下挑戰書。」

「沒想到Cosmos的弟弟竟然會答應敵方的邀約。」Doubt望向沈超宇，但沈超宇只是一臉平靜。

「現在還不曉得Dream Maker會採取什麼動作，只能先靜觀其變。」公關長語重心長地說。

「Cosmos，你知道你弟要出道的事情嗎？」Mask問。

「現在知道。」沈超宇依舊是一副泰然的表情。Mask看了也懶得再問。

「我們可以確定的是，Dream Maker有意要捧紅他們，新人出道就撒重金找大牌導演拍攝ＭＶ，而且還只是出道首張專輯。但他們確實得到了想要的效果。」公關長繼續說。

Mask咂舌道：「通常兄弟姊妹只要有其中一個先出道，後面的通常很難拚過前面先出道的成果吧。Dream Maker到底在想什麼？」

Poison 眼神冷漠地瞥了沈超宇一眼，話中帶酸地說：「那可不一定，看看我們的主唱，他多久沒寫曲了。Dramatic Parade的新專輯主唱也有加入作曲，沒人能保證他不會追過我們，更別提我們上次的巡迴演唱並沒有達到預期人數，對吧？」

「就跟Poison說的一樣，這次預計的販售下限和實際販售成績相比，只達到了七成五。近幾次的專輯銷售量，包括這次新專輯的銷售量都遠比最高次的紀錄減少不少。能繼續待在暢銷榜就該感激了。」分析師說。

聽見如此苛刻的狀態，四人陷入無語，就連一直保持淡然態度的沈超宇也眉頭深鎖。

「網路上甚至有網友說Dramatic Parade比現在的ＧＭ表現亮眼，ＧＭ近幾年一直原地踏步。」公關長用力嘆了口氣。

分析師面色嚴肅地說：「原因歸根究柢就是一成不變吧。雖然走的是主流音樂，可是其他歌手和樂團也是同類型，所以市場的大餅就被瓜分了。早期因為Cosmos的編曲作風獨特，一時蔚為風潮，後來極盛時期加入主流元素又推上高峰，可是近幾年卻沒有變化，所以歌迷們開始分散。也就是說，你們現在的地位要拜過去的成績所賜，以及沒有勁敵的關係，而這次Dramatic Parade的出現，將有可能是你們首次碰上最大的危機。」

會議結束後，阿湯哥站在門口對四人說：「你們先回去吧。我後續還有其他事情要跟上頭討論。」說完又返回會議室。四人站在門外，沒人開口說話。

「其實整個會開完，我最大的疑惑是原來Cosmos你有弟弟啊？」Mask瞪大雙眼。

「有。」沈超宇表情陰沉地回應。

「我也是最近從新聞上才得知。」Doubt附和。

「你們兄弟感情一定很差吧。不然你弟怎麼會投靠Dream Maker，擺明是要把你踢下來。果然成也蕭何敗也蕭何，認真來說Gas Mask是因為你才有今天的成就，但最後我們還是會因為你解散吧。」Poison話說完就轉身離開。

「喂，Poison你要去哪裡？Gas Mask的危機要一起解決啊。」Mask對著他大喊。

「主唱不振作，我們能怎麼辦？與其待在這裡浪費時間，還不如想辦法找後路。」Poison 揮了揮手離開。

沈超宇沒反駁他的話，只是打了個呵欠。

「真是的，兩個人都這副模樣要怎麼玩下去。」Doubt嘆了口氣怒瞪沈超宇。他們並不知道，這些天他始終因為范又昂的事情而輾轉難眠。

「Cosmos，說真的，你跟你弟究竟是什麼關係？」Mask問。

「兄弟關係。」

「我問的不是這個。」Mask努力忍住想打人的心情。

「關係不好的兄弟。」

Doubt也忍不住問：「就算你們小時候被父母拆散，感情也應該不至於差到你弟想跟你對打的程度吧。不就只是感情不好，有必要這麼不顧情面嗎？跟他見面，談清楚他到底為什麼加入Dream Maker吧。」

沈超宇搖了搖頭說：「沒用的，我弟弟他並不喜歡見到我。不然你想，我們怎麼會這麼久都沒見面呢？」

「你們可是親兄弟耶。」

「他參加金音獎，甚至和Dream Maker簽約的事，我都是從新聞上知道的。他既然有意站在對台要和我們對抗，你說，我們還像不像是親兄弟？」

「話是這樣沒錯，但他確實是你弟弟啊。」Mask說。

「可以不要再說了嗎？我累了，這件事我自然會想辦法。」沈超宇無法再和他們聊，頭也不回地往大門走去。

5-3

「Dramatic Parade，你們仔細聽好了，這次新專輯的宣傳已經決定好要和Gas Mask一起上綜藝節目，繃緊皮準備了啊。」

范又昂想起前天剛錄製完新專輯時，Roy一臉興致高昂地宣布。一直以來避開和Gas Mask同台，出道至今一年半，沒料到竟然這一天還是來了。

「又昂，你在想什麼？」游茹璇坐在他旁邊，看他一臉心不在焉的樣子便開口問。Floating的四人總是會偶而在Jackson家聚會敘舊。

「好久不見了，見面還在想別的事，難道是節目上看到的小模讓你難以忘懷嗎？」Feather賊笑。

「什麼小模。其實是下禮拜我的團必須要和Gas Mask同台上節目。」范又昂搔著頭一臉苦惱。

「你果然還沒好好和你哥談過吧。」Jackson問。他現在正在當兵，頭剃成了小平頭，剛好放假才有時間和他們見面。

「還沒，從第一張專輯一直忙到現在的第三張專輯，一直抽不出時間。」

「也對，幾乎是半年就出一張，真是辛苦你了。」

「但是你不是也像現在這樣和我們見面嗎？如果真的想見面，就一定可以見得上面，忙碌根本不是問題。」游茹璇露出有些惱怒的表情。

范又昂看著她的臉，不禁感到內疚。

「不過Gas Mask最近的消息也不像以前這麼多了，聽說是到美國接受訓練，所以近三個月的時間都不在台灣。」Feather插嘴。

「Gas Mask也在忙，兩兄弟要見面也不容易。趁著這次上節目不是正好能見面。」Jackson也附和。

四人開始聊起Jackson當兵的趣事，也沒再提起關於沈超宇的事情。

和過去一樣，聚會結束後范又昂騎車載游茹璇回家。因為范又昂現在是明星，大家見面不容易，所以Feather和Jackson總是會刻意製造機會給兩人獨處。

「其實你不是沒空見你哥哥，而是你不敢見他吧。」游茹璇坐在機車後座，趁紅燈時問他。

范又昂覺得過了這一年的時間，游茹璇說話變得比以前更加直率。

「妳說的對。但我確實試過和哥哥見面，只是事情變得有點複雜。」

「複雜？」

「和妳說的一樣，如果有心就會想辦法見面。雖然我的團和Gas Mask一直沒有機會同台，但是恰好在附近錄影棚錄影的機會也不少。我曾經試過要見我哥而在錄影結束後留下來等他，但是結果……」

范又昂回想起當時的情況。

那天錄完影，他到了哥哥所在的錄影棚外等他們的錄影結束。聽到棚內傳來導播大喊「大家辛苦了」的聲音，他便悄悄走進棚內。

「Cosmos，你聽說了嗎？ｄｐ的首張專輯銷售已經超過ＧＭ當年的紀錄了。」一旁的來賓在散場時對著沈超宇說。ｄｐ是Dream Maker在粉絲間常使用的簡稱，因為兩個英文字母正巧有斜向對稱的趣味感，因此廣為使用。

「所以呢？」沈超宇冷漠回應。

「你不擔心嗎？被弟弟比下去。」

「那傢伙的事跟我無關吧。」沈超宇眉頭緊縮。

「生什麼氣，我只是就事論事，新聞上都在說ＧＭ要沒落了，接下來是ｄｐ的時代，我講這些只是告誡你。ＵＰ的人氣現在可是嚇嚇叫，你一不小心就會被他篡位。」

「謝謝，但我不想知道ＵＰ的人氣如何、ｄｐ的專輯銷售有多好，這些我一點也不在乎。」

「ＵＰ可是你的親弟弟，被自己的弟弟追過肯定不好受吧。刻意加入敵對的Dream Maker，就好像是背叛自己，不是嗎？」

沈超宇聽了這番嘲諷轉身看向來賓，一手拎起他的領口冷語：「ＵＰ是誰？我可不記得我有那樣的弟弟，既然是與我無關的人，他幹什麼、是死是活都跟我沒關係，這樣你開心了嗎？」

「喂，Cosmos你在幹嘛？快放手！」Gas Mask的經紀人見狀趕緊上前阻止。

聽到哥哥的話，范又昂也沒臉再去見哥哥。

「事情的經過就是這樣。」范又昂嘆了口氣，「或許當初我就不該和Dream Maker簽下契約。但現在說這些都已經沒意義了，在哥哥眼中，我只是個背叛者。」

「你不要這麼說，慫恿你加入的人是我，我想你們之間一定是有什麼誤會。」游茹璇好聲安慰。

范又昂搖頭說：「他在外人面前都這麼說了，而且妳曉得為什麼dp出道這麼久，現在才要和GM同台嗎？聽我的經紀人說，那是因為我哥推掉了所有和我同台的機會。」

「怎麼會？那這次為什麼又答應了？」

「很多節目期待我們同台，但我哥似乎並不想看到我。為什麼這次卻答應了，我也很好奇。」

「會不會當時你哥講的只是氣話。他是你哥，有什麼感情比親情間的連繫更深呢？」

范又昂沒回話，自己深陷繁雜的思緒裡。兩人已經抵達游茹璇現在居住於中和的公寓樓下。

「游茹璇，妳家到了。」范又昂停車放她下來。

游茹璇想到下次見面不知道是什麼時候，有些不捨地下車，忽然開口問：「又昂，我一直很好奇一件事。先說好，我只是好奇喔。Jackson和Feather他們都是叫我小茹，為什麼只有你叫我全名。」

范又昂聽到這突如其來的問題噗哧一笑，看游茹璇微嘟嘴一臉不高興的表情，笑著問：「認識兩年多了，怎麼忍這麼久才問？」

「就是不好問所以才拖到現在，叫全名不是很生疏嗎？好歹也會只叫名字吧。」游茹璇鼓起臉頰。

「是這樣嗎？我覺得叫全名就是因為夠熟才可以這麼叫。在公司妳同事會直接叫妳游茹璇嗎？」

「沒有，他們一直都是叫我茹璇。」

「對吧，會叫妳全名的人世界上只有我。」范又昂對她露出燦爛的笑容。

「什麼意思啊。」游茹璇一臉茫然地看他。

范又昂伸手抓住她的手，將她拉向自己，唇輕觸她的額頭後說：「這樣妳才會記得我是特別的。以後妳就會了解我的意思。」范又昂放開她的手輕聲一笑，留下呆立不動的游茹璇揚長而去。

#

沈超宇坐在床上伸手輕撫躺在身邊的李思琦的頭髮，早晨陽光穿過落地窗照射在她臉頰上。李思琦悠悠轉醒，轉身看向他露出慵懶的笑容說：「怎麼了，平常不是最會賴床的遲到大王，怎麼週末這麼早起？」

「對我來說根本沒分平日和週末吧。」他聳肩，「做了個不好的夢就醒了，醒來看到妳還在睡，就忍不住把妳弄醒。」

李思琦握住他的手，閉起眼睛說：「夢到了什麼夢？」

「我夢見我爸。」

「在美國錄製新專輯的時候，你們沒有見面嗎？你爸不是在洛杉磯？」

「他來找我，所以見過一次面。」沈超宇皺眉嘆了口氣，「雖然我不是很想見他。」

李思琦猜到他在想什麼，起身抱住他的腰，手指指尖碰觸到他側腹部上一道縫補過的疤，聽他說過那是他小時候被爸爸打傷留下來的疤，一縫就是十針，疤痕至今摸起來還是有些腫腫的。

「該不會又夢到十一年前的夢了吧？」

沈超宇彎腰抱住李思琦，臉緊貼在她的肩膀上低聲說：「我不停跟爸爸道歉，可是爸爸沒有停下來，繼續打我。我跑進房間裡，把門上鎖，撥越洋電話回台灣，我告訴小又我想回家，但是他反應很冷淡什麼話也沒說，我只能聽見他的呼吸聲。我的肚子好痛，手一摸手掌上都是血，可是我什麼也辦不到，就算在夢裡當時的痛覺還是好鮮明。」

「沒事，你已經是大人，不再是無力反抗的小孩。」李思琦抱著他，親吻他的額頭，柔聲安撫。

沈超宇嘆了口氣說：「下禮拜，我和我弟得同台上節目。」

「怎麼這麼突然？之前不是一直避免和他們同台嗎？」李思琦面露吃驚，眨了眨眼睛。

「妳知道Dramatic Parade的新專輯發售日期是什麼時候嗎？跟ＧＭ是同一天，他們正式下戰帖了。前陣子到美國就是我向公司要求的，為了迎戰Dramatic Parade，我們這裡也要主動反擊。」沈超宇抬起頭，雙眼凝視著前方，那是看著隱形敵人般銳利的神情。

李思琦詫異地看著沈超宇，隔了近三年多的時間，她再次感覺到沈超宇身上又重新燃起對音樂的動力，雖然這動力的來源竟是來自對弟弟的敵視，但這或許是拯救他，讓他對音樂重燃熱情的機會。

「你只要知道自己在做什麼就好。」李思琦靠在他肩膀上說：「不管怎樣，我很高興又看到你充滿活力的眼神。」

5-4

「燈光、收音，就定位。」導播揮了揮手指示。

棚內化妝師還在替沈超宇做最後的補妝，范又昂隔著主持人瞥向坐在另一端的哥哥，但沈超宇因為補妝而閉上眼睛，看不出來他的心情如何。

Dramatic Parade雖然出道一年多，但在演藝圈還只是後輩，提早一鐘頭便已經入場。在開播前十五分鐘Gas Mask才從廣播電台趕來。范又昂見到哥哥時，也只是和自家團員一同和對方客套打招呼，那段期間兩人幾乎沒有交集，就像是陌生人。

「好，三、二、一，開始！」導播下達指令，音效師奏樂，攝影鏡頭帶向兩位美麗的女主持人，節目開始進行。

「又到了星期六假期，娛樂搜查線的時間，我是主持人小波。」

「我是主持人菲菲。」

「我說菲菲，今天不得了了，請來兩大天團來到我們節目上。一個是長年穩坐銷售榜的海內外知名樂團，另一個則是火速竄紅、首張專輯就創下銷售新紀錄的小鮮肉樂團。」

「聽小波這麼說，我好像隱約可以猜出這兩個團體是誰了。該不會就是兩團主唱是兄弟關係的……？」主持人故意賣弄玄虛。

聽到關鍵字，在場的粉絲們馬上發出尖叫聲。

「沒錯，姊姊妹妹們請先冷靜。我知道你們很期待，那麼小波就不賣關子了，讓我們尖叫加掌聲歡迎Gas Mask和Dramatic Parade！」

兩邊舞台噴出乾冰，兩組人馬在煙霧下轉動椅子正面面向觀眾。

「哈囉！大家好，我們是Gas Mask。」Mask擺出招牌笑容向觀眾招手。

「觀眾朋友好，我們是Dramatic Parade。」Hornet也以團長身分代表發言。

「GM和dp是第一次同台，對吧？」主持人菲菲問。

「對，我們一直很希望有機會和dp交流，今天總算是達成願望了。」Mask說。

范又昂聽了忍不住將目光飄向沈超宇。

「菲菲，妳知道最巧的事是什麼嗎？GM和dp除了今天同台之外，他們兩組樂團的新專輯也將會在下個月一號同時發售。」主持人又說。

「咦？那不就是一場爭奪戰嗎？dp上一張專輯，首週發售就已經突破五萬張大關，強勢逼近GM的成績，勇奪銷售冠軍。這次兩團同期發售，不就好比是音樂的魔法師與魔術師的大對抗嗎？菲菲已經嗅到濃濃的火藥味了。」

「說到這裡，小波很好奇，Cosmos看到弟弟UP發展得這麼順利，會不會有危機感？」主持人小波走向沈超宇問。

「UP發展得很順利，我並不驚訝，因為我們是兄弟。」沈超宇表情平靜地說：「至於危機感則沒有，Gas Mask出道七年，這次的新專輯特地到美國錄製，就是為了給粉絲重新認識新的Gas Mask，光這張專輯我便負責了五首歌的作曲，其他團員也各自參與了編曲和作詞。待了七年的老手，還會怕雛鳥嗎？」

范又昂一瞬間感覺到哥哥的視線瞥向自己。

「Cosmos，菲菲也有問題想問，dp剛出道前，網路就瘋傳一首DEMO曲，說是和你的聲音很像，那時候你就知道那是UP參加金音獎的歌嗎？聽到的時候，會不會擔心被後起之秀取代？」

沈超宇一派輕鬆地聳肩說：「不知道，UP那傢伙參賽和出道都是最後才讓我知道。當時Doubt也有放那首DEMO曲給我聽，我只想說是哪個素人模仿，畢竟網路上這樣的人不少，我是我沒什麼好需要害怕，畢竟大家都喜歡聽原版。之後才知道原來是弟弟唱的，有點吃驚。畢竟UP什麼都沒說。」沈超宇直接轉頭看向范又昂，濃厚的敵意傳了過來。聽到這樣諷刺的話，Dramatic Parade四人也不禁感到詫異和憤怒。

現場氣氛緊張，觀眾們全神貫注看著兩兄弟。

「喔！這樣聽來似乎是UP刻意隱瞞哥哥喔。為什麼不跟哥哥說自己想進入演藝圈？」小波緊抓住來勢兇猛的砲火，走向范又昂詢問。

「為什麼不說……」范又昂笑了一聲，回擊哥哥的話，「本來是沒有意思要參賽，但是被朋友要求才硬著頭皮上台。至於出道的事情，那時Cosmos應該在忙著處理緋聞的事，所以我就沒打擾了。」

聽到范又昂的回應沈超宇表情瞬間陰沉。

「那麼ＵＰ，網友都說你的聲音跟哥哥Cosmos很像，有些粉絲甚至認為你的才華比不上你哥，你有什麼想法？會不會擔心新專輯和ＧＭ打對台成績不好？」

「聲音像這是沒辦法的事，畢竟是由同對父母生的，只不過Cosmos比較早出道罷了。才華和成績方面，我信任我的樂團和伙伴，我想銷售數字自己會說話。」范又昂始終保持微笑。

「感覺兩方誰也不讓誰，難分高下。在場的粉絲應該都心有所屬吧，ＧＭ和ｄｐ究竟誰才是你們心目中最棒的樂團呢？」菲菲對著台下觀眾舉起麥克風，兩團的粉絲聲嘶力竭，聲援自己的偶像。

「等一下唱歌就知道了。」沈超宇搶話。火藥味燃燒到鼎沸，粉絲尖叫聲愈加激烈。

錄影結束，Gas Mask和Dramatic Parade兩方人馬相互往各自的休息室走去，絲毫沒有交集。

「Cosmos，你今天有點奇怪。」Mask坐在沈超宇旁邊說。

「有嗎？我覺得我挺好的，甚至比之前的表現來得更好。」沈超宇轉開礦泉水瓶蓋一邊回應，表情比起先前無力的樣子更有神采，但眼神卻帶了點殺氣。

「Mask，你想太多了，現在的Cosmos正在狀況中，他主動提出要到美國和名製作人合作，現在又開始恢復創作了，這不就是他最好的狀態嗎？」Poison附和。自從沈超宇重新提筆創作，Poison對他的態度漸漸好轉。

「今天Cosmos表演可是火力全開，我好久沒看到他這麼認真了。」Doubt輕敲了一下沈超宇的肩膀，表示支持。

「我只是覺得動力的出發點有些不大好。」Mask瞥向沈超宇，壓低聲音說。

「每個人都需要一點刺激，ｄｐ的出現未嘗不是轉機。」Poison露出滿足的笑容。

Doubt看著兩人不禁說：「似乎不只Cosmos，就連Poison也變了人似的，之前兩人不是見面就吵架嗎？」

當週節目播出後，各大網路平台Facebook、ＰＴＴ、Plurk上兩團粉絲開始瘋狂討論、較勁。電腦螢幕上顯現ＰＴＴ上的討論串，一名男人戴著兜帽坐在網咖的電腦螢幕前靜靜滑著滑鼠。

「大家看過最新的娛樂搜查線了嗎？ＧＭ和ｄｐ竟然同時登場」

「兩兄弟火藥味超濃！不是兄弟嗎？為什麼似乎感情不好？」

「節目效果吧。但我還是喜歡ＧＭ，ＧＭ最棒了，新專輯的歌比以前還要出色。」

「是因為Cosmos受到弟弟威脅吧，不然怎麼特地飛到美國錄專輯？」

「ＧＭ和ｄｐ兩團，我支持ｄｐ，ｄｐ的曲風獨特，和ＧＭ相比風格突出，ＧＭ紅太久了，該讓座了吧！」

「胡說八道！ＵＰ只是沾Cosmos的光才紅，ｄｐ出道不過一年半，能紅都是託ＧＭ的福」

「ｄｐ不就是複製ＧＭ的模式才紅的嗎？有ＧＭ還需要分身？說什麼音樂魔術師，不就是學

Cosmos的魔法師」

「ｄｐ銷售量好就是實力證明，就算沒有Cosmos加持，ＵＰ還是會紅」

「Cosmos在節目上說什麼原版的話，分明拐彎罵ＵＰ是盜版，沒品！」

「ＵＰ擺明是學Cosmos，而且他還不是故意提緋聞的事，想影響ＧＭ專輯銷售量吧。就算Cosmos有女朋友，我還是會支持他的音樂」

「Cosmos不只拐彎罵ＵＰ是盜版，還笑他是素人，沒看到銷售成績嗎？ｄｐ創下奇蹟，他只會抱著過去的成績貶低人，當哥哥的怎麼可以這樣！」

「ＵＰ不是也瞞著Cosmos投奔敵對公司Dream Maker旗下嗎？是兄弟怎麼可以這麼做？不就是有意要打垮ＧＭ嗎？」

男人關掉ＰＴＴ網頁，打開新網頁，在搜尋引擎上打上『Gas Mask』搜尋，並找到了他們的粉絲專頁，用了個沒有頭像的帳號登入，在上頭的留言列上開始打入新的訊息：

「ＧＭ去死！沒品、人渣，輸不起的小孬孬，贏不過ｄｐ就只會貶低別人，自命清高……」

隔天，Gas Mask粉絲專頁上被滿滿的粗俗字眼淹沒，而訊息來源全是不明的ＩＤ帳號，然而ＩＰ位置是在公共場所查詢不便，因此警方尚未搜索到犯人是誰。

這起事件發生後，讓Gas Mask的粉絲更加團結。由於輿論上都偏向是Dramatic Parade的粉絲興起的攻擊行動，使兩方對立加劇。在找出犯人前，Dramatic Parade也受到波及，被Gas Mask的激進粉絲聯合抵制購買他們的專輯。因為Dramatic Parade一部分的粉絲同時也是Gas Mask的死忠粉絲，導致他們第三張專輯的銷售量比起前一張明顯萎縮。

Dream Maker所在大樓裡的會議室中傳來砰然巨響。Dramatic Parade的四名成員坐在會議室裡，很有默契地聳肩顫抖。

「什麼粉絲的攻擊？那分明是宇瀚為了鞏固GM地位，自導自演的商業攻擊。」Roy氣憤大罵。為了栽培Dramatic Parade，他直接擔任他們的經紀人，發生這種大新聞，不禁拍桌大罵。

「Roy老大，放輕鬆點。」Luke好聲拍拍椅背勸坐。

「用了大量無名ID帳號，哪個粉絲會為偶像做到這種地步。」Roy坐下來喝了口水，表情十分難看。

「難道不會是因為有瘋狂粉絲迷上我們，所以對GM做出攻擊的言論嗎？」Luke一臉天真地問。

「你們出道還不滿兩年，你覺得可能嗎？」Roy苦笑。比起先前自信家的態度，現在他顯得有些消極。

「和宇瀚打對台當然很可能會遭到對方攻擊，當初找UP當主唱本來有一部分的原因就是因為他的話題性吧。」Moon冷靜分析。

關於這件事，范又昂是第一次聽說，目光不禁飄向Roy，但對方並沒有注意到他。

「現在的問題是，開始有不少粉絲指稱dp和GM風格雷同，認為是抄襲，這樣的指控會害我們喪失潛在粉絲。」Dream Maker中的一名上層公關主管說。

「Dramatic Parade確實也是搖滾風格，但搖滾本來就是主流，樂壇上有多少搖滾樂團，這個指控根本只是針對我們。Cosmosc和ＵＰ是兄弟，聲音相似又有什麼奇怪？」Roy一臉苦悶。

范又昂看著Roy忍不住心想，這個問題在簽約前他早就提過了。

Hornet輕咳一聲說：「我們想打敗宇瀚當然對方也會想辦法攻擊我們。ｄｐ的音樂有自己的風格、自己的作曲，應該想想要怎麼讓更多人聽見我們的音樂，注意ｄｐ和ＧＭ的差異。」

「可以確定的是，ＧＭ覺得我們有威脅性，所以才會有這種事情發生。換句話說，我們也算是成功了。」雖然會議嚴肅，但Luke依舊不改樂天本性。

公關主管搖頭說：「我可不這麼認為。你們確實是因為這件事得到了免費宣傳，知名度大增，問題你們得到的是負面的知名度，人性懶惰，不會特別追究事情的真偽，只會一味相信媒體的一面之詞。而大眾自然會減少接觸印象中不好的事物，你們紅了，但是專輯的銷售卻賠了。更別提你們還沒建立起自己的死忠粉絲，要是一不小心可能就會被打入演藝圈的冷宮。」

Roy接著說：「輿論是很激情又不理性的東西，雖然不是你們自己搞分身去ＧＭ的地盤留言，但是大眾很自然會把這件事和你們聯想在一起。況且受害者的ＧＭ沒有出來幫我們說情。光是我們單方面代表粉絲道歉，也無法得到太多效果。」

「怎麼這樣，明明這次的專輯比前兩次花了更多時間耶。主打歌不是ＵＰ全程包辦的嗎？寫曲、寫詞花了多少時間。ＵＰ你都不生氣？」Luke望向范又昂。

「我不知道該怎麼說，或許我在節目上說過頭了，所以才會導致這件事情發生。」范又昂搔了搔頭一臉內疚，「對不起。」

「別在意，Cosmos說了那番話，如果他是我兄弟我可能早就站起來揍他一拳。」Hornet發言安慰。

「我很慶幸他不是你兄弟。」Roy瞪他一眼。

「與其說道歉，不如積極點想辦法吧。dp不只是你一個人的樂團，也是我們的，是大家的夢想。主唱是樂團靈魂的中心，你不積極我們也很難解決這次的危機，你清楚嗎？」Moon神色嚴肅地看他。

「我知道。」范又昂抿嘴一臉沉重。

「好了，他也夠受的了。和你說的一樣，主唱是一個樂團的靈魂代表，所以網路上的言論攻擊大都是針對他，別再給他多餘的壓力。」Hornet輕拍范又昂的肩膀要他別放在心上，「身為團長，我建議我們要主動出擊。」

「主動出擊？」Roy疑惑地看著Hornet。

Hornet露出得意的微笑，對著范又昂說：「就讓大家好好看看音樂魔術師的魅力吧。」

#

當天晚上，范又昂忍不住打了電話給游茹璇。

「喂？又昂嗎？這麼晚有什麼事？」游茹璇剛洗好澡走出浴室，看見手機上顯示了五通未接來電便趕緊打回去。

「突然很想找妳聊聊。」
「是因為節目的事情嗎？」
「嗯……」范又昂的聲音變得小聲，「妳現在有空嗎？」
「我是有空啦，只是……」游茹璇摸了摸濕漉漉的髮尾。
「我現在在妳家樓下，妳方便下來嗎？」
游茹璇走到窗邊向外望，在對面騎樓下果真見到范又昂的身影。
「你等一下，我馬上換衣服下去。」
游茹璇換好衣服匆匆忙忙跑下樓，腳上還穿著拖鞋。
「游茹璇，現在十一月耶。妳頭髮還是濕的。」范又昂一臉驚訝看著她。
「你打電話給我的時候我才剛洗好澡。」
「妳可以吹完頭髮再下來。要是妳感冒了怎麼辦？」
「還好啦，我身體很強壯！」游茹璇傻笑。
「外套穿上吧。」范又昂脫下自己的外套給她，並把兜帽拉上罩住她的頭。
「謝謝。」游茹璇低下頭說。
范又昂並不知道剛才自己替她戴上帽時，指節不小心碰觸到她的臉頰，所以她才不好意思抬頭看自己。

兩人走到附近的三角公園，坐在鞦韆上。
「妳的簡訊我看到了。」范又昂說著拿出手機翻開簡訊的畫面，上頭寫著：「蠢蛋！他是你哥，不是你的敵人」
「簡訊？啊，那個啊。」游茹璇想起她看到節目首播後自己傳了簡訊的事，「你沒生氣吧。我傳了簡訊後，你一直沒回覆。」
「生氣的話，我就不會想來找妳了。」范又昂抬頭望向夜空嘆氣，「我沒回覆是因為妳說對了，但我想不到需要道歉的原因。」
「認真說起來，確實是Cosmos先出口諷刺，但你頂回去只會沒完沒了。」
「游茹璇，我覺得我好像迷路了。」范又昂茫然地望著遠方。
「迷路？」
「我一開始只是希望藉由站在舞台上，可以更接近哥哥，或許就能回復到以前的關係，而我現在不明白自己的目的了。」范又昂垂下頭望著地面，露出懊悔的表情，「我其實很後悔對我哥說那些話。可是一想到ｄｐ會因為他的話受傷就覺得不甘心，那是我跟我的夥伴努力經營起來的，不管有多少人喜歡那對我們來說都意義非凡。結果，我沒能達成目的和我哥說清楚，反而是把情況愈弄愈糟。」
「我覺得不管是你還是Cosmos，你們兩個都做錯了。我說過該早點和你哥見面吧。拖到現在，他也弄不清你為什麼沒告訴他你出道的事情，所以認為你要踢館。」
「不管怎樣，我大概是中了Roy的圈套。他在會議上提到，他想利用我和我哥的話題性賺錢。」范又昂低頭直盯著地面嘆氣。

「光是話題性能撐多久？那只是一時之利，他真的利用了這點，但不表示他選擇你只為了短利。真心想打倒宇瀚的話，他是不可能只因為這個原因而挑你。」

「我不想對不起我的夥伴，不想對不起我哥，也不想對不起自己。可是現實狀況卻很複雜，我把整件事情想得太簡單、太美好，然而現在卻一團亂。要對得起ｄｐ勢必就會傷害到我哥。」

「我傳簡訊罵你其實對你也不公平。我是旁觀者，話當然說得輕鬆。當初我勸你加入Dream Maker是因為我認為你可以藉由這個機會展現你的能力，同時和你哥修補關係，但是其中牽涉太多複雜的因素還有太多人，而能掌握變化的人不只有你。」游茹璇從鞦韆上站起身，站在他的面前，「現在你先專心在一件事就好，那就是唱好歌。」

「可是和ＧＭ不合的問題又該怎麼解決？」范又昂一臉憂愁地凝視著她。

游茹璇在他面前蹲下來，仰頭看他，笑著說：「那些事情先不管，你只需記得你是個歌手，你的任務只有唱好歌，這樣就夠了。複雜的事情等風波過了再說。我是你的忠實粉絲，聽我的就對了。」

「果然找妳談是正確的。」范又昂嘴角上揚，伸手靠向游茹璇。游茹璇以為他又要像以前一樣用手刀敲自己的頭，不禁閉上眼睛，卻感覺到一隻溫暖的手輕輕撫過臉頰，睜開眼看，范又昂面帶欣慰的笑容低聲說：「妳就像是我的北極星，有妳在就不會迷路。」

5-5

西門町紅樓對街廣場上，在下班人潮擁擠的時刻，突然開來了三輛廂型車，四名衣著鮮豔的小丑和兩名美麗的兔女郎排成一排開始表演馬戲團。踩高蹺、轉盤子、丟沙包和變魔術。

一瞬間便聚集了滿滿人潮，而在觀眾的身後也悄悄拉起了黑幕。突然踩高蹺的兩名小丑拿出拉炮，朝著觀眾身後一拉，七彩亮片飄落而下，也將觀眾的目光帶向後方。

充滿爆發性的鼓聲響起，四名畫上小丑臉譜的人開始演奏樂器，而站在中央的主唱嗓子一開，觀眾全轉向後方，包圍住他們觀看。觀眾拿出手機拍照，人群間討論聲不斷。

「是哪個樂團？」

「主唱聲音有點像Cosmos，是ＧＭ嗎？」

「不對，ＧＭ不是這種風格。」

「是ｄｐ吧。」

范又昂忽視人群間交談的聲音，只專心在自己的演唱和同伴們演奏的旋律，現場有如小型演唱會。不僅現場圍觀的群眾，就連路邊經過的騎士也忍不住多看他們幾眼。

Dramatic Parade出道至今尚未舉辦過演唱會，重新站上舞台，讓范又昂想起過去和Floating的夥伴們一同演唱的時光，興奮之餘忍不住又唱又跳。現場粉絲跟著尖叫，氣氛熱絡。演唱結束後，現場觀眾熱烈鼓掌，范又昂和三名夥伴站成一排鞠躬致意。

Dramatic Parade不僅在西門町，台北一〇一、公館捷運站、台北車站等鬧區皆進行了突襲演唱會，相關報導登上各大媒體版面，掩蓋掉先前的負面新聞。聽過現場的觀眾將照片或影像上傳至網路，YouTube點閱率暴增，連他們的官方頻道也因live的錄影畫面，訂閱頻道人數激增。雖然未得到全面正向的留言，但好評價不少，Facebook粉絲瞬間增加上千人，專輯銷售情況低迷的現象馬上獲得緩解。

「我第一次知道原來ｄｐ的歌是這種風格，我好喜歡！」

「我喜歡Cosmos，但ＵＰ的聲音也好棒」

「看過現場之後，我變成Dramatic Parade的粉絲了，不愧是音樂的魔術師！」

經過幾次突襲演出，網路上充斥著讚美的留言。

「范又昂，做得很好嘛！為什麼不告訴我你有辦突襲演唱會，不然我就可以去聽你唱歌了。」游茹璇盯著螢幕，一邊轉動滑鼠一邊對著手機通話對象抱怨。

「生氣了？」

「覺得你很不夠義氣，也沒跟Feather和Jackson說，對吧？」

「沒有。我想等到把自己的心情整理好後，再邀你們到我正式的演唱會，把最好的一面表現給你們看。」

「我要ＶＩＰ的位置，別忘了，我是你的忠實粉絲。」游茹璇撥弄著瀏海，彷彿范又昂就在自己面前一樣，表情羞赧。

「知道了。謝謝妳，我的頭號粉絲。」

范又昂和游茹璇通完電話後，一罐冰涼的啤酒貼在他臉上，嚇了他一大跳。

「喝嗎？」Moon問。

「謝謝。」范又昂接過啤酒。

Dramatic Parade團員住的宿舍是一棟小公寓，其他樓層也住有Dream Maker旗下的其他成員。而他們住的就是兩房一廳的小型家庭式公寓，所有出道不滿三年的藝人都會被要求住宿。分房間依抽籤決定，而他就和Moon分在同一間。

「剛才的電話是女朋友嗎？」Moon露齒一笑。

「還不是。」范又昂嘴角上揚。

聽了范又昂的話Moon忍不住笑出聲：「小心可別像你哥一樣被狗仔抓包。」

范又昂只是苦笑。

「這幾天辛苦了。突襲演唱會你立了很大的功。」

「沒有，我只是盡力享受唱歌。」范又昂想起游茹璇對自己說過的話，不禁莞爾。

「上次會議上我話說重了，對不起。」Moon語氣十分誠懇。

「不用道歉，怪尷尬的。你說的沒有錯，我當初發言應該替ｄｐ著想，不該意氣用事。」

「老實說，我不怪你當天說的話，你的話甚至沒多少攻擊性。反倒是你如果傻笑裝謙虛，我會很想打你。」

「我其實因為我哥的關係，當時猶豫了很久才加入Dramatic Parade。要不是她勸我，我搞不好已經放棄。」

「你是說剛才那個女生嗎？」

「對。」范又昂面露青澀的微笑，「因為家裡一些複雜的因素，我逃避自己對音樂的熱愛，甚至差點放棄音樂，是她看破我才讓我做出了這個決定。」

「我想我們其他三人也該感謝她。你知道光是為了找主唱，我們找了多久嗎？整整一年半，我都以為ｄｐ做不成了。」

「一年半？我以為你們也是剛找好的成員。」范又昂吃驚睜大眼。

Moon喝了口啤酒搖搖頭說：「Roy一心想組一個符合他理想的樂團，你也知道他過去的經歷，因為主唱單飛而解散的樂團，所以ｄｐ不只是我們的夢，也是完成他遺憾的一塊重要拼圖。當時他所屬的倖存者樂團一度紅遍整個亞洲，但在極盛時期主唱退團單飛，倖存者樂團也就跟著解散，因此他一直想創造一個超越倖存者樂團的存在。」

范又昂想起當時在Roy的辦公室裡說過的話，瞬間覺得有點過意不去。

「不只Roy，d p是我們大家的夢想。」Moon放下啤酒向後仰躺，「當初徵選是在兩年前，他先找了Hornet再來是我和Luke。你別看Hornet打扮前衛，他其實全家都是玩古典樂的，從小父母逼他學小提琴，可是他就愛敲敲打打，喜歡熱鬧又奔放的音樂，前些年都是在PUB幫別人伴奏。而Luke的爸爸以前是玩地下樂團的，耳濡目染下，小時候就會各種樂器，但他父親並不希望他跟自己年輕時走一樣的路，一度要求他放棄。差點組不起來，有一部分的原因是Luke當時還未滿二十歲。」

「這些我還是第一次聽到。」

「畢竟音樂不是每個人都玩得起，玩得起也要能玩得下去。」Moon苦笑。

「那你呢？」

「我是最普通的。我家人都很會讀書，父親是律師，母親是公務員，哥哥是國中老師，我依照家人的期望考上了他們想要的大學，以為那是我要的，直到踏進大學，看到學校熱音社的表演，我第一次知道自己喜歡什麼、渴望什麼，和你們比我起步得很晚，能被Roy相中真的很幸運。你知道這些耳洞是什麼意思嗎？」Moon指向自己的左耳，上頭總共有八個耳洞，「這是我參加徵選失敗過的紀錄，失敗一次我就在上面打一個洞。要是d p沒組起來，右耳也淪陷了。」

「為什麼會想要打耳洞？」

「因為我就讀的是教育系，打了耳洞就很難當老師吧。我還擁有教師執照呢。我做這些只是為了提醒自己不要放棄。」

「在我看來你也是夠瘋狂了。」范又昂笑著捶了一下他的肩膀。

「我們三人組成後卻一直找不到適合的主唱，Roy一度要找A・T來當我們的主唱，你能想像嗎？那個有大頭症，自以為是地表最帥男人的傢伙要是來dp的話，我們三個肯定只會被當成綠葉，還是伴奏而已。幸好Luke在網路上找到你，不然dp就要不了了之了。」

「Luke找到我？我以為是Roy。」

Moon爬起來看著他說：「Roy那傢伙沒跟你說吧。與其說是Roy找到你，不如說是我們選擇你。在Roy告訴我們他有意找A・T當主唱時，我們三個都知道這樣dp遲早會和倖存者樂團一樣面臨解散，所以我們在網路上不停找素人歌手或是街頭藝人，結果Luke就找到了你參加金音獎的DEMO，到初賽那天我們到了現場，看了Floating的表演，我們一致決定要找你當主唱。從你的歌聲，我們看到的不是單純想表現自己，還多了一種享受，所以我們就說服Roy去看你決賽的演出，他才找你當主唱。對我們來說，你聲音像誰根本不重要，我們只知道你就是我們理想的聲音，還有什麼比這個更重要？」

「Roy為什麼不告訴我這件事？」

Moon露出一臉理所當然的笑容說：「比起說三個小咖要找你當主唱，不如說是被Roy這樣階級、而且經驗老道的經紀人挖掘更有說服力吧。」

「會嗎？如果知道是你們選擇我，我會更快答應。」

Moon推了一下他的肩膀大笑：「諂媚我們可不會加薪。但是說真的，dp是我們大家賭上未來的不歸路，踏上了就不打算回頭。我不要求你成為最好，但我希望你要求自己愈來愈好。」

「謝了，我會的。」范又昂伸出手和他交握保證。

第六章

糾結

6-1

范又昂與三名成員聚集在練團室裡練習新曲，外頭傳來急促的腳步聲，只見Roy掛著滿面的笑意打開門對著他們大聲宣告：「聽著，我有一個好消息要告訴你們。」

四人見Roy神采奕奕，不禁面露好奇將目光一致匯聚在他身上。

「這次金曲獎入圍名單出來了，你們入圍了最佳樂團！」

「Roy，你是說真的嗎？」Luke 露出欣喜又難以置信的眼神。

「我知道上次你們因為和最佳新人獎擦身而過的事很沮喪，但最佳樂團獎才是我們的目標。」Roy雙手用力握拳，擺出勝利的姿勢，彷彿入圍的人是自己。

「不過說到最佳樂團……ＧＭ大概也在入圍名單裡吧？」Moon相較之下冷靜了不少。

Roy點了點頭。

「ＧＭ長期以來都是最佳樂團獎的常勝軍，先不提入圍，獲獎紀錄就有三次。」Hornet講到勁敵，眉頭不禁緊縮。

「能不能得獎是評審決定，我們煩惱也沒用，顧好現在最重要。」范又昂雖然話說得闊達，但仍舊不禁嘆了口氣。Dramatic Parade能夠獲得評審青睞，讓他很感動，但想到再次和哥哥打對台，卻不是他想遇到的情況。

「你們要繃緊神經了，網路上一定會有粉絲對戰，媒體記者更可能會在公開場合逼問你們一些無聊的問題，小心發言，免得又惹惱粉絲。」Roy對范又昂露出微笑，似乎有意特別提醒他。

「UP也不是小孩子了，放心。他上次其實也沒說什麼。」Hornet幫忙說話。

「也許你乾脆不要講話比較安全。」Moon對著范又昂笑說。

「我會注意，發言就交給團長吧。」范又昂開玩笑緩和氣氛。他一直很不習慣和媒體記者應對，但想必記者絕對會抓緊這次機會逼問各種尷尬的問題。

「看到Hornet凶神惡煞的樣子，我想記者也會不敢追問下去。」Luke大笑隨即被鼓棒敲頭伺候。

范又昂不禁心想哥哥沈超宇知道同時入圍的消息後，不曉得會露出怎樣的表情。

另一邊，Gas Mask四人也在宇瀚的練團室裡得知了相同的消息。三人正在調弦修整、清理樂器的同時，沈超宇坐在一旁一邊撥弦一邊思考新曲。

經紀人阿湯哥進房內向他們宣布了入圍消息。

「上次金曲獎沒入圍半項獎，這次總算扳回一城。」Doubt說。

「不過這次d　p也入圍了。」阿湯哥補充。

「入圍？你是說最佳樂團獎嗎？」Mask不由得將視線飄向沈超宇，只見他不動聲色，繼續專心寫曲。

「是。」阿湯哥回覆。

「我不在乎。結果出來前，討論這些都沒用。」沈超宇回了一句，表情相當冷淡。

Mask看著沈超宇表情沉了下來。這些天沈超宇一直埋頭作曲，表面上看起來很有幹勁，但渾身散發出一種好鬥而難以接近的氣息，似乎少了以前只因為單純喜歡才寫曲的熱情。

「台灣演藝界像我們團發展這麼扎實的有多少？dp才起步沒幾年，論能力和經驗還是我們比較有勝算。」Poison滿臉自信。

「Cosmos，如果有記者問到你弟的事，記得不要像上次那樣講話酸溜溜。」阿湯哥囑咐。

「我有需要酸他嗎？」沈超宇挑起眉頭。

「沒有就好，只要有記者問話，簡單回答就好，五個字以內，知道了嗎？」

「上次確實是因為有粉絲攻擊的事件，所以我們才沒事吧。本來網友也批評Cosmos的發言，幸好後來沒太大影響。」Mask看著沈超宇，對他和弟弟之間的紛爭感到疑惑。沈超宇的表現就像對方是陌生人、是競爭者，就算他恢復了對音樂的執著，但似乎少了一些人性柔軟的一面。

沈超宇返家休息，洗好澡仍繼續寫曲。現在對他來說創作就是一切，他無法確定敵人在他休息的時候，是不是還在不停創作。

擺在桌面上的手機發出鈴響，打開來看螢幕上還有來自他母親未讀取的簡訊。而來電者是李思琦。

「喂？怎麼，想我了嗎？」
「才不是，我聽到消息了，恭喜你們入圍。」
「嗯。」沈超宇搔了搔脖子。
「不開心嗎？」李思琦聽他反應冷淡又問。
「還不知道有沒有得獎的機會，如果落選，入圍也不值得一提。」
「幹嘛講這種話。不管你有沒有得獎，你在我心中都是最棒的。」
沈超宇向後仰靠著椅背，輕閉雙眼問：「妳是因為喜歡我才喜歡我的音樂吧。」
李思琦聽了愣了幾秒笑出聲。
「不對，是相反。我是先愛上你的音樂，之後才喜歡你。」
「是嗎？我們交往前妳不是不知道我是樂團主唱？」
「當然知道呀。ＧＭ這麼紅，我的朋友每天都在聊你的事，害我不敢跟她說我的男朋友是誰。」
沈超宇聽了坐挺身一臉詫異，開口問：「那我當初請妳幫忙交報告的時候，為什麼妳看起來像是不知道我是誰？就連我給妳演唱會門票時，妳還問我是不是消防演習。」
「我沒說我不知道。只不過我當時看不慣耍特權的人，但是看你沒刻意提出自己的身分，覺得你好玩索性假裝不知道你是明星。」
「覺得好玩不是因為對我有意思嗎？」沈超宇露出自信的微笑。
「一開始我對你只有好奇，畢竟現實生活中哪裡有機會遇到明星，況且我其實本來對年紀小的男生沒什麼興趣。」

「所以我就被妳騙了七年嗎？」沈超宇苦笑。

「你沒問，我也就沒提了。」

「那當時演唱會結束，我打電話給妳時，為什麼會願意留下來等我？」

「我說過了，我是先愛上你的音樂才愛上你。在那場演唱會上，聽見你的歌聲、看見你在舞台盡情演出的神情，我心想原來那個臭屁學弟也有這一面，接到你電話後就忍不住留下來等你。」

「結果我的招數果然還是很有效。」

「誰曉得你那天給了多少女人演唱會門票，可能只有我留下來等你吧。」李思琦裝出俏皮的聲音。

「吃什麼醋。」沈超宇得意笑出聲。

「我只希望你不要忘記你對音樂的初衷。」

「初衷？」沈超宇皺起眉頭，笑了笑說：「我的初衷就是為了把妹吧，已經到手了啊。」

「少開玩笑了。」

沈超宇收起笑容，一臉正經地對著手機說：「現在好想見妳，每天都想見妳。」

「我知道，因為我也是。」

手機傳來李思琦微微的嘆息聲，她接著又說：「可以唱首歌給我聽嗎？」

「妳想聽什麼歌？」

李思琦沉默了幾秒後說：「一首只屬於我的歌。」

6-2

「小文，我聽到消息了，恭喜你入圍。」

范又昂接起電話聽到母親的聲音，她的聲音欣喜之中帶了點擔憂。

「哥哥也入圍了。」范又昂說。

「對，我知道。」母親的聲音聽來有些沉重。

「妳有打電話給他嗎？」

「沒有。他總是不太愛和我通電話，所以我只傳了簡訊恭喜他。」范有蓉嘆了口氣。

「妳擔心我跟哥哥反目成仇嗎？」范又昂忍不住問。

「他回台灣後，你們也只見過幾次面吧。」

「我知道，我會想辦法和他溝通。」范又昂嘆了口氣，不曉得自己還能做什麼。

「你試過打電話給他嗎？」

「我不曉得他還願不願意跟我說話。」

「你們是兄弟耶。我雖然稱不上是稱職的母親，但是我也不忍心看你們在節目上互相冷言諷刺。」

「我也不想那樣，只是不自覺就說出口了。」范又昂嘆了口氣。

「對不起，小又，總覺得很對不起你們。當初我應該強硬將你和小宇的監護權爭取到手才對，但是我太害怕你爸爸，所以最後只好妥協一人帶走一個。」

范有蓉無助的聲音讓范又昂想起過去每日擔心受怕的日子，他一點也不想再見到那時母親脆弱的憔容。

「媽，不要自責了。看到妳現在過很好，我就很安心了。」范又昂柔聲安撫。

「小又，你長大了。」

「妳不年輕了，我也該長大。」范又昂用玩笑的口吻說。

只不過還沒大到能好好和哥哥靜下心好好談一談，在那之前，他還有很大的空間需要成長。范又昂在心中自語。

和母親通完電話，范又昂打開音響收聽電台，當他煩躁的時候就會習慣聽聽電台介紹音樂，這是在他國中時期養成的習慣，一部分也是因為哥哥沈超宇和他通信時提起自己有聽廣播電台的習慣，所以他也漸漸養成了相同的嗜好。

他回想起哥哥剛返回台灣讀大學時，曾經和自己見過一次面。

「哥待在美國的時候都在做什麼？」那時兩個人話變得很少，比起班上不熟的同學，還要沒話可聊。范又昂想不到話題，便隨口問。

「上課，回家就玩玩樂器。」

「哥哥真的很喜歡音樂。」

「因為待在美國的時候，能夠滿足我的就只有音樂。一邊彈奏吉他、一邊唱歌，只有音樂可以安慰我。不管是六〇年代的藍儂、邦喬飛、史密斯飛船，或是聯合公園，搖滾的節奏、鼓聲、吉他聲才能安撫我的情緒。」

范又昂心想，熱愛音樂這點他確定是他認識的哥哥，以前還有通信的時候，哥哥不時會提起最近喜歡的樂團。他接著問：「哥真的很喜歡音樂。回台灣還會繼續玩音樂嗎？」

「嗯，我想要組一支屬於自己的樂團。」講出這句話時，沈超宇臉上浮現了打從內心滿足的笑容。

范又昂沉默了一陣子，開口問：「老爸還有繼續教你吉他嗎？」

沈超宇臉色暗了下來，搖了搖頭說：「他現在除了自己以外的事都沒興趣，我回台灣唸書他一點意見也沒有。」

「哥已經回來一週有了吧。這段時間你都住哪裡？為什麼沒早點通知我們？」

「放心，我現在住在學校宿舍，老爸也給了我一些生活費，還過得去。」

「為什麼不回家跟我們住？」

「離開這麼久，已經沒有我的位置了吧。」沈超宇堆起笑容表情淡然。

「怎麼這麼說？」

「你感覺不到嗎？我們之間的距離感。我們分離的時間已經漸漸超過我們相處過的那段時光。」

「消失的那段時間，難道真的沒辦法再次填補起來？」范又昂一邊回憶，一邊自言自語。

電台播放著Gas Mask的最新主打歌，他一邊聽一邊思考在這些曲子裡寄託了哥哥多少孤單的過去和現在。

#

金曲獎會場外的紅地毯聚集了滿滿圍觀的民眾，各個手持相機和自製的看板，露出滿面興奮的表情。紅地毯上女主持人穿著白色小禮服抹上鮮紅唇膏對著群眾展露迷人的笑顏。

「小妍，準備好了嗎？要開始現場直播了。」女主持人的耳機裡傳來導播的聲音。

「好，導播，我準備好了。」女主持人輕咳一聲，對鏡頭露出一抹艷笑開口說：「又到了一年一度金曲獎的頒獎盛會。今年不僅集結了亞洲各地的華語歌手，同時也邀請日韓知名樂團來擔任我們的頒獎暨表演嘉賓。看現場粉絲的表情，也可以知道本次的盛會將有多熱烈。」

一輛黑色長型禮車開來，在紅地毯前停下。四名身穿黑色系西裝的男子走下車，對群眾揮手。

「喔喔喔，現在到場的究竟是哪位大明星？」女主持人話還未說完，現場已經傳來粉絲群的尖叫聲。

女主持人做出驚喜的表情大聲說：「現在聽尖叫聲就知道了，來場的是Gas Mask！」

忽然一秒間鴉雀無聲，觀眾開始議論紛紛，因為下車的並不是Gas Mask而是Dramatic Parade。似乎是主持人一時之間將先下車的范又昂誤認成哥哥沈超宇，導致烏龍。

范又昂四人表情略顯尷尬，但依舊揮著手向粉絲們微笑致意。

「抱歉，小妍剛才口誤，因為兩兄弟實在太像了。現在下車的是今年新入圍最佳樂團的當紅搖滾樂團Dramatic Parade。d p來跟觀眾講一下你們的入圍感言。」

「非常感謝這次評審給我們入圍的機會，讓我們可以臉上有光，在宣布得獎人時，可以在大螢幕前露一下臉部特寫。為了在螢幕上好看點，我昨天特別交代全團員敷臉睡覺。」Hornet代表團員幽默幾句。

「真的嗎？那讓小妍來測試一下效果。」女主持人伸手摸了摸每位團員的臉，粉絲們又發出一陣忌妒的尖叫聲。

女主持人刻意將范又昂放在壓軸，摸了摸他的臉後說：「小妍非常榮幸可以摸到四位帥哥的臉。不曉得能不能問一下我們音樂的魔術師，U P，你跟哥哥同時入圍是不是很緊張？」

「Gas Mask是金曲老手，能有機會和他們共同角逐金曲獎最佳樂團是我的榮幸。」范又昂堆起燦爛微笑，現場粉絲又發出刺耳的尖叫聲。

「謝謝Dramatic Parade，那我們就先送他們入場，讓我們來看看下一組來賓是誰？」

范又昂四人先進場後，隨後開來一輛黑漆的保時捷，登時鎂光燈閃爍不停。

「我們來看看究竟是誰？喔，我的天，剛送走弟弟，哥哥隨後就來了，這次小妍可不會再看錯，各位觀眾現在進場的是G M，Gas Mask！」

Mask率領三名成員踏上紅地毯，他們像是事先說好一般，四名成員穿了和Dramatic Parade相異的白色西裝，身為眾人焦點的沈超宇更在頭髮上刷了一層紫色的造型。一看到新聞寵兒出現，鎂光燈毫不停歐，攝影師無不繃緊神經不停拍攝，和Dramatic Parade相比，鎂光燈閃爍的次數又更多了。

「這次呼聲最高兩大樂團先後出現，真是讓人太興奮。」女主持人緊握麥克風迎接四人。

「小妍，好久不見了。」Mask熱絡打交道。

「Mask！想當年小妍第一次擔任金曲獎主持人時，GM也是第一次獲得最佳樂團，現在我們都是老手了。說到這裡，剛才小妍才剛送走另一組入圍樂團dp，問了他們入圍心得，不免俗也要來問一下GM的Cosmos和弟弟UP同時入圍你有什麼想法？」

沈超宇聽到弟弟的名字一瞬間表情僵硬。Mask看向他，表情有些不安，正當他打算代替發言時沈超宇已經先開口了。

「我跟UP是不是兄弟、感情好不好，跟我們的樂團同時入圍有什麼關係嗎？希望大家把焦點放在音樂上，而不是八卦，謝謝。」

Mask聽了他的回答忍不住扶額。

「好的，謝謝Gas Mask，祝你們好運。」女主持人一臉尷尬地收尾，送他們進場。

「Cosmos，之前阿湯哥說過叫你發言不要超過五個字了吧，怎麼又忘了？」Mask露出一臉無奈的表情看他，但他只是聳肩。

6-3

進入頒獎會場後，Dramatic Parade的四名成員坐在中間排的位置。范又昂看著舞台內心感到不安，他們並非是第一次來到金曲獎現場，上回入圍新人獎時也來過。然而這次不同的是Gas Mask也入圍了，現在他們正在同一個會場，而且還是競爭對手。

「緊張也沒用，結果是評審決定，不管有得沒得獎對你來說都有好有壞吧。」坐在他身旁的Moon輕拍他的肩膀。

范又昂嘆了口氣點頭同意。他望向會場入口處，正好瞥見Mask出現，在他身後可以看到沈超宇走進來，臉色不是很好看。

「怎麼看還是覺得你們長好像。」Luke盯著沈超宇又看向范又昂，忍不住感嘆道。

沈超宇一行人坐在他們下方間隔兩排的位置。范又昂看著哥哥的背影，不由得感到沉重。

整場頒獎典禮中，范又昂盯著舞台前方發呆，因為過度緊張而在心中不斷預演輪到頒發最佳樂團時可能發生的各種情況。

「各位觀眾，現在到了我們典禮的重頭戲之一。最近在新聞上關於本獎項的討論非常多，相信大家也相當期待。」典禮女主持人說。

「沒錯，這項獎項在入圍名單公布前，其中兩團入圍人選之間早已在演藝圈掀起不少討論熱潮。聽到我說樂團，相信大家已經知道我說的是什麼獎項，那麼就讓我們歡迎最佳樂團的頒獎人。」男主持人說完後，頒獎人上台。

聽到即將揭曉最佳樂團的得主，范又昂不禁回過神，肩膀一聳。

「本次金曲獎最佳樂團入圍名單，入圍的有——」頒獎的女歌手面露微笑，舞台燈光暗了下來，所有人將焦點聚集在螢幕。

螢幕畫面上出現入圍的五組人選，當出現Gas Mask和Dramatic Parade兩團時，掌聲和歡呼聲不斷，其餘三組樂團不禁略顯黯淡。

「現在就由我來宣布，本次最佳樂團的得獎者——」

螢幕上分別投射五組樂團的畫面，沈超宇依舊面無表情，而范又昂在Moon的拍肩下露出嚇了一跳的表情，典禮會場傳來些許笑聲。

「得獎的是——Dramatic Parade！」頒獎人宣布完得獎者後，范又昂一時之間還沒意識到自己的樂團得獎，呆愣愣地望著舞台發呆。

畫面上不僅出現范又昂茫然的表情，就連沈超宇擺出撲克臉拍手的模樣也映照在螢幕。

「我們得獎了！」Luke興奮大叫，伸手抱住范又昂的脖子。他被這一抱總算發覺得獎的事實。

「請得獎者上台。」

Moon拉起范又昂的手，四個大男生往舞台上走去。經過沈超宇他們附近時，范又昂忍不住瞄了沈超宇一眼，但對方絲毫沒注意他，只是如同機器人般一臉冷漠地拍手。

「恭喜四位首次入圍最佳樂團就脫穎而出。」女頒獎人將獎座分發下去。

「請發表說得獎感言。」男頒獎人看著范又昂，然而他卻只是拿著獎座望著哥哥的方向發呆。

沈超宇則是故作自然望著台上，但臉上沒有半點笑意。

「很高興評審們的讚賞，我們Dramatic Parade會繼續為台灣樂壇努力創作出更多好音樂，也由衷感謝粉絲們一路相挺，謝謝！」Hornet見狀握住麥克風代替發表感言。Dramatic Parade四名成員向觀眾席揮手，在眾人的歡呼聲中走下台。

整場頒獎典禮結束後，范又昂與三名成員一同搭車參加Dream Maker的聯合慶功宴。

「太好了，總算是邁出打垮宇瀚的第一步。」Roy舉起酒杯向四人敬酒。

范又昂表情尷尬，硬是把酒吞下肚。他感覺得出來哥哥沈超宇相當看中這次得獎的機會，畢竟上回沒有入圍，而這次的專輯又特地前往美國製作。自己的樂團得獎固然高興，但一想到哥哥內心總有些鬱悶不安。

Moon注意到他表情不對勁，悄悄在他耳邊說：「表現得開心點，不管怎樣得獎都值得高興，你表情太顯眼會被記者發現，這樣更不好。」

范又昂聽了點點頭，將杯中的紅酒一口飲盡。

「實際上除了這次金曲獎得獎外，還有一項新消息想跟大家說。」Roy喝了兩杯滿滿的紅酒，臉頰泛紅，似乎有點醉了，「幾天前Music Carnival音樂狂歡節邀請ｄｐ上節目參賽。」

「Music Carnival音樂狂歡節？」Luke聽到這個詞眼睛瞬間刷亮。

「Roy，你是認真的嗎？音樂狂歡節邀我們上節目？」Hornet同樣露出吃驚的表情。

「音樂狂歡節邀請有很不得了嗎？」范又昂抓了抓頭，似乎不大明白為什麼大家這麼激動。

「ＵＰ，Music Carnival是著名的搖滾音樂節目，從來不接受主動報名參加的，就連Gas Mask也不曾得到他們的邀約。能上節目的歌手不是相當有實力，就是具有話題性。」Moon解釋。

「所以我們要參加？」范又昂看向Roy。

Roy咧嘴大笑，開口說：「那是當然，音樂狂歡節除了台灣外，還集結了香港、大陸、新加坡、馬來西亞各地的歌手，想參加還未必有那個機會。拒絕會被當傻子吧。」

就連哥哥的Gas Mask也沒受邀參加過，現在竟然要他們參賽，范又昂不禁臉色又刷綠，金曲獎光環加上Music Carnival的邀約，要和沈超宇說上話變得難上加難。

「喂？又昂嗎？恭喜你得獎。典禮上打扮得很帥喔。」

范又昂回到宿舍先打電話給游茹璇，聽見她的聲音讓他很安心。

「怎麼了？心情不好嗎？」游茹璇聽他久久沒回應，於是問了一句。

「我的樂團得獎了，可是我卻無法感到開心。今天新聞報導就已經出來了，而且還寫得很難聽，我明明什麼感言也沒說，竟然還能說成我驕傲不願意發表感想……不曉得哥哥會怎麼想？」

游茹璇嘆了口氣說：「新聞我也看了。如果他是你哥，他應該會了解你，不會去相信新聞八卦。」

「可是我和哥哥好久沒見面了，他會相信我嗎？」

「你知道嗎？你現在該打電話的對象不是我，應該是你哥。」

「我明白，過些日子我會打給他。只不過現在心情有點複雜，所以想聽聽妳的聲音。」

游茹璇愣了幾秒後回應：「你、你再說什麼啊。想聽我的聲音，喜歡的話，我可以錄音給你聽。」

「嗯，喜歡。」范又昂躺在床上喃喃自語。

這回換游茹璇陷入沉默，過了幾分鐘她才又回話。

「你到底在說什麼啊？」

然而電話那頭已經傳來熟睡的鼾聲。范又昂在慶功宴上喝了幾杯酒，加上金曲獎典禮讓他太過緊張，躺在床上講電話，竟然就睡著了。

「喂？喂！范又昂，聽見我說話了嗎？」游茹璇不禁有些惱怒，但對方還是握著手機進入夢鄉——

客廳的電話聲響起，范又昂慌張地跑到電話旁接起電話。

「喂？」他的聲音略顯急促。

「是小又嗎？你們最近過得還好吧？媽媽呢？」電話那頭傳來沈超宇的聲音。

「哥哥……媽媽，她現在不在家。」范又昂緊握住話筒，一臉猶豫地說。

「小又，媽媽回來的話，可以請她打電話給我嗎？」

「怎、怎麼了嗎？」范又昂語氣不安。

「爸爸，他有時候會帶一些沒見過的女人回家，喝醉的時候會打我，我覺得好可怕、好痛苦……我果然還是想回台灣。」沈超宇語帶哽咽。

「哥哥，媽媽她……」范又昂欲言又止。

「媽媽怎麼了嗎？」沈超宇問。

「沒、沒事，我有些事先掛斷電話了。」范又昂說著把電話掛掉。

「又昂？準備好了嗎？醫院說你媽媽醒來了，阿姨帶你去見她。」范有蓉的經紀人走進客廳裡。

「準備好了。」范又昂圍好圍巾，轉頭看向電話。

「好了就走吧。」經紀人嘆了一口氣，表情有些不耐煩。

「阿姨……」范又昂猶豫半晌開口呼喚，但見經紀人蹙眉一臉煩躁地看著自己，只好又把話吞回去。

「又昂，有什麼事嗎？」經紀人努力保持耐性詢問，但范又昂只是搖頭。

他知道經紀人為了他母親吞了過多安眠藥的事，已經忙得焦頭爛額，因此也不好再跟她提起哥哥的事情。至於他那患有憂鬱症的母親就又更難向她開口。

「哥哥，對不起……」范又昂躺在床上說夢話。

同寢的Moon聽見他的夢話，抬起頭瞄了他一眼，面露擔心。

6-4

宇瀚位於信義區的大樓辦公室裡，Gas Mask的四名成員和公司高層匯聚在一起，氣氛十足凝重。

「各位，聽好了。上次讓ｄｐ拿走金曲獎最佳樂團，因為這個原因，我們的專輯銷售量第一次被ｄｐ追過。你們了解這代表什麼嗎？代表你們很有可能會被他們取代市場龍頭的地位。」總經理站在台前，用力拍桌。

「不過，這也許只是一時性的狀況，等熱潮過去了，ｄｐ也不會有這麼多人瘋迷。更何況，金曲獎拿不拿到獎都是看評審臉色，不難說沒有主觀的問題。」公關說。

「我們不能再抱著過去的光輝不放，沒人能保證不會有被篡位的一天。」總經理目光瞥向沈超宇，沈超宇只是低著頭雙臂緊緊交抱。

「抱歉，有電話。」經紀人阿湯哥向總經理點頭走出辦公室。

總經理嘆了口氣說：「先休息十分鐘，等一下再討論新策略。」

Mask看總經理出去後，伸手拍了拍沈超宇的肩膀說：「別太在意，總經理針對的人不只有你，而是我們整個團。況且我其實很喜歡你這次的歌，感覺你又恢復對音樂的熱情了。」

「但是這樣不夠，我必須要再突破。」沈超宇搖了搖頭，表情嚴肅。

「這次評審只是讓新手有機會吧，我真的覺得你不用這麼在意。」Mask安撫，但沈超宇一句話也聽不進去。

不久，總經理和阿湯哥返回辦公室。比起剛才一臉不滿的表情，總經理現在心情好很多，甚至看起來相當得意。他拍拍阿湯哥的肩膀示意對方發言。

「抱歉，突然中斷會議。」阿湯哥推了一下眼鏡，「剛才我接到Music Carnival音樂狂歡節的節目製作人的電話，他們希望ＧＭ擔任這次的特別嘉賓。」

「特別嘉賓？不是參賽者嗎？」Doubt露出困惑的表情。

「特別嘉賓和參賽者不一樣，要有一定實力的人才能成為特別嘉賓。」公關發言說明。

「特別嘉賓實際上在節目一開始並不會出場，一直到比賽進入到決賽的時候，特別嘉賓才會現身，和決賽最終獲勝者進行三場歌唱比賽，而且規定比賽必須使用未公開的創作新曲。」總經理接著說，表情十分得意。

「不過還有一個消息。」阿湯哥清了清喉嚨，看向沈超宇說：「ｄｐ也受邀參加Music Carnival，而且是擔當新參賽者。」

沈超宇對上他的眼神，表現出一副不在意的模樣，然而內心卻不禁一沉，無意識握緊了拳頭。

「這是我們扳回一城的好機會，不管最後進入決賽的是哪一組樂團，ＧＭ都不可以輕忽大意，知道了嗎？」總經理眼神掃過Gas Mask四名成員。

李思琦躺在床上看書，突然傳來門鈴聲。她翻身下床，站在門口，隔著貓眼窺看，只見沈超宇頭戴兜帽站在外頭。

「都已經晚上十一點了，怎麼突然想來了？」李思琦打開門雙手抱胸望著他。

「抱歉，我可以進去嗎？」沈超宇脫下兜帽盯著她看。

「在金曲獎之後，我打給你好幾通電話，又傳了上百封訊息，你都沒有回覆。」李思琦依舊站在門口不肯退讓。

「之前因為有些心事，所以悶在家裡沒回應任何訊息。」沈超宇搔了搔脖子，面露尷尬，伸手握住李思琦的手捏了捏她的手指。

「進來吧。」她嘆了口氣側身靠在牆邊。

「妳看起來似乎很生氣。」沈超宇看著她，露出慚愧的表情。

「那是當然。關於金曲獎的事，新聞報得很大，在那之後完全聯絡不上你，就算你想要一個人獨處，至少也要回一封簡訊讓我知道你沒事吧。」李思琦說著往房內走。

「對不起。」沈超宇從背後抱住她。

「至少你現在看起來似乎還過得去。」李思琦安心地拍拍他的手。

沈超宇抱著她，兩人靠在床邊看電視。

「明天不用上班嗎？」

「需要的話，我可以請假陪你。」李思琦抱著他的手臂柔聲說。

「那好，明天一整天就我們兩個，我煮好吃的給妳。」

「你今天來找我究竟是想說什麼？」李思琦仰頭看他。

「只是有點累了。金曲獎那些新聞讓我好累。」沈超宇低下頭親吻她的額頭。

李思琦嘆了口氣把電視機關掉。她也看過新聞報導，不少新聞為炒話題，將沈超宇寫得很落魄，明明同為入圍者之一，但大家都只重視結果。

「你應該把注意的焦點放在自己的創作，那些附加價值比不上作品本身的核心價值。比起得獎，重點是你又寫了一首好歌，而且有人愛它。」

「但願我像妳一樣這麼想就好，但是我在演藝圈混太久了，外在的評價變得很重要。」

「至少對於作曲，你已經不像之前那樣迷惘了吧？」

「可是我總覺得自己少了點什麼，但是卻找不到。」沈超宇重新抱緊她，靠在她耳邊呢喃。

「你會找回來的。」李思琦伸手摸摸他的頭。

#

Dream Maker的練團室裡，除了范又昂外，其餘三名成員全員到齊。

「Moon你找大家來有什麼話要說嗎？」Hornet問。

「為什麼ＵＰ哥沒來？」Luke疑惑地問。

「事實上，我沒有找他來。我是刻意不要讓他知道我們的對話。」

「喂！Moon哥，不是你要單飛就是他要單飛嗎？不要鬧了，我們現在正紅耶。」Luke誇張大叫。

「不是這件事。」Moon搖頭。

「蛤？還是你的地下女友懷孕，所以你要結婚了？為什麼不做好防護措施呢！」Luke抓住他的肩膀死命搖晃。

「也不是。我沒有地下女友，也沒有要結婚，更沒有搞大誰的肚子。」Moon敲了一下Luke的頭，把他的手推開。

「那你到底要說什麼？」

「我是想說關於ＵＰ和他兄弟的事。我每天看他拿著電話，要打不打的模樣，於是我趁他去洗手間的時候偷看了一下，上面寫著小宇哥，也就是Cosmos。」

「你是他的女朋友嗎？竟然偷看他的手機。」Hornet苦笑。

「我覺得我們應該要幫他和Cosmos聯絡。你們多少有注意到ＵＰ的異狀吧？我們得獎後，他不但沒有漸入佳境，反而有種力不從心的感覺。他在音樂狂歡節表演的時候，和平常比是沒有太大的差異，但是當主持人談話時，他常常會突然放空發呆。為了我們的發展，是該想辦法協助他和哥哥解開心結。」

「不過只是一般的兄弟，為什麼會關係這麼複雜？單是父母離婚分開罷了，上回同台上節目，他們兩個講話帶刺，我在旁邊都嗅到火藥味了。」Luke說。

「家家有本難唸的經，也許他們之間比我們想像得還要複雜吧。」Hornet按著眉間嘆氣。
「不過具體來說，應該怎麼幫他？」Luke搔了搔頭問。
「這就是讓我最頭痛的一點，如果他們堅持避不見面，那我們也沒辦法，能強迫他們見面的機會就只有上節目，然而上次同台根本只是愈弄愈糟。」
「我們介入好嗎？我是說我們頂多能做的就是不要對ＧＭ抱持對立的心態，避免讓ＵＰ感到壓力。」Hornet說。
「那是當然，但光是如此沒辦法修補他們的關係。我不想單純以ｄｐ團員的身分來看待這件事，我想以范又昂朋友的身分幫助他。」Moon嘆了口氣。
「這樣好了，讓他上談話性節目如何？我有朋友是在裡面做節目企劃，或許他可以幫我們牽線。比起一般的娛樂節目，感性的談話性節目或許比較有幫助？」Luke提議。
「這的確是個可能的辦法。」Moon點頭。
「那就交給你了。啊，ＵＰ來了。」Hornet看見門邊窗口出現范又昂的身影趕緊提醒兩人。
「怎麼了嗎？」范又昂進門看三人表情有些慌張，不禁疑惑蹙眉。
「蛤？我們有怎樣嗎？」Luke傻笑反問。
范又昂聽他這麼說也就沒多想。

6-5

沈超宇待在家中，手持吉他一邊譜曲一邊彈奏。突然間手機發出震動，打開一看，是阿湯哥來電。

「喂，有什麼事嗎？」

「你這禮拜五有一個新通告。」

「什麼通告？」

「是談話性節目《從心開始》，他們指定要找你，其他三人沒找。」阿湯哥說著嘆了口氣。當遇到麻煩的工作時，他總是會想嘆氣。

「什麼意思？為什麼只找我？」沈超宇皺眉，感覺事情不妙。

「因為他們也找了ｄｐ，而事實上你是特別來賓。」

「我去要做什麼？公司已經確定要我參加了嗎？我以為上層努力想避免這件事，所以先前才推掉那麼多次同台的邀約。」

「上層改觀了，他們擔心外界知道我們有意避開你們同台，所以答應這次的談話性節目。」

「我沒有很想上節目，這是必定參加的通告嗎？」

「上頭已經答應節目單位。我是不曉得你們兄弟是怎樣，但看在手足情份上，你就去上節目吧。不管怎樣，你也拒絕不了。你好好想想到時候該說什麼比較實在。」說完，阿湯哥就掛斷電話。

「要我講什麼，我和小又還有什麼好說的？」沈超宇用力抹了抹臉，盯著桌上棄置在角落邊的一張ＣＤ。那是Dramatic Parade的首張同名專輯，專輯的封套一直沒有打開，當時范又昂剛出道時李思琦買給他的。他回想起那時李思琦和自己的對話。

「這是你弟弟的專輯，給你。」李思琦從包包掏出一張ＣＤ放在桌上。

「妳不買我的專輯，買我弟弟的幹嘛？」沈超宇刻意開玩笑。

「你的專輯我哪張不是預購就買了。少跟我耍嘴皮。」

沈超宇拿起專輯，正反面看了看，接著說：「怎麼現在就開始扮演起大嫂的角色，妳重新考慮我之前說關於結婚的提議了嗎？」他握住李思琦的手，搓揉她的無名指。

「好了啦。我是擔心你，我知道你是在乎你弟的，有空就聽看看吧。或許對你們的關係有幫助。」

李思琦輕捏他的手背，露出關心的表情。

「聽了真的會有幫助嗎？」沈超宇揉了揉眉間，撕開專輯封套，放入音響裡。

#

「明天就要上節目了啊。」范又昂握著手機，畫面停留在沈超宇的通訊資料上。

「怎麼了？很不安心嗎？一直看手機。」Moon坐在對面的床上笑著說。

「總覺得很多該說的話，不該透過電視節目公開來說。節目特地找我們上台，感覺就會問到關於我和我哥的事，到時候該怎麼回應，我哥看到電視又會有什麼反應？這讓我很煩惱。」

Moon尷尬笑了笑，聽對方的話，似乎還不知道安排了沈超宇上節目。

「那麼私底下會比較好講清楚嗎？」Moon試探。

「應該，總比在節目上好說話吧。」范又昂望著手機嘆氣。

「既然這樣，現在就打給他。」Moon說著起身搶走范又昂的手機，按下撥號按鈕，接著扔回對方的床上。

「喂，你幹嘛啦！」范又昂大罵，但Moon已經溜出房間外。

「喂？喂？小又嗎？」手機傳來沈超宇的聲音，在喊他名字的時候，聽起來有些不自在。

范又昂抓起手機回話：「哥？」

「怎麼突然打電話給我？」沈超宇語氣有些吃驚。

「嗯……想說我們很久沒有講電話了。」范又昂搔了搔頭。

「是很久沒有。」

「你最近還好嗎？」

「嗯，還過得去。」沈超宇始終簡短回應。

「我想跟你道歉。」范又昂想了想再次開口。

「跟我道歉什麼？」沈超宇的聲音聽起來有些沉重。

「沒跟你說關於我加入Dream Maker的事……」范又昂心想自己真正想說的根本不是這件事，但就是開不了口。

「我無所謂，你想加入哪間公司是你自己的自由。況且Dream Maker確實是一間大公司，想進去的人也很多。」

「事實上，因為只有他們來找我，所以我才加入。我也猶豫過這麼做究竟好不好，畢竟他跟你所屬的宇瀚是競爭關係。」范又昂老實回應。

沈超宇沉默了一陣子，接著說：「我明白你的想法了。你還有什麼想說的話嗎？」

「我一直在觀注你的音樂，我很喜歡你寫的曲子。」

「嗯……你的也很不錯，首張專輯我好好聽過了。」

「你聽過了？」范又昂睜大眼睛，有些不可置信。

「對。」

「我沒想過你會買我的專輯，需要的話，我甚至可以直接送你。」

沈超宇發出類似苦笑的笑聲。

「我還沒恭喜你拿到金曲獎。」

「謝謝，我們只不過是運氣好。」

「運氣好？」沈超宇的語氣開始尖銳起來。

「我是說運氣好評審看中而已。」范又昂忽然間不曉得該怎麼回覆。

「我不認為是運氣。我很看重金曲獎，我相信評審是認真審核過每件作品做出的選擇，而不是單純靠運氣。」

「我想講的不是那個意思……」范又昂不禁心慌，忽然間又不知道該怎麼解釋。

「好吧，如果那是你的想法，我不干涉。我累了，想休息。」

「嗯，有空打給媽吧。她很關心你。」范又昂凝視窗外，窗上映照出自己的身影，一瞬間就像是和哥哥面對面對話。

「關心嗎？算了，我要休息，有話想說等明天再聊吧。」沈超宇語帶諷刺，連再見也沒說就掛斷電話。

明天再聊是什麼意思？范又昂盯著手機螢幕上寫著『通話結束』的字樣發呆。

「ＵＰ哥似乎和Cosmos談得不大順利。」躲在門邊偷窺的三人互相對望。

「希望明天上節目兩個人可以言歸於好。」Hornet望著躺在床上的范又昂嘆了口氣。

6-6

「晚安，各位好。又到了星期五晚上，大家結束一週的疲勞，和Ruby一起從心開始，探討名人背後不為人知辛苦的一面。」女主持人對著鏡頭露出溫暖的微笑，「今天我們邀請到的是本屆金曲獎最佳樂團得主Dramatic Parade。四位貴賓，歡迎你們蒞臨。」

「謝謝Ruby姊。」四人同時點頭，並由Hornet代表送上簽名專輯。

「沒記錯的話，這是ｄｐ第一次拿到金曲獎是嗎？有沒有很興奮？」

「是，我們非常榮幸可以得到評審的認可。」Moon回答。

「在進行節目前，我做了一些調查，除了Moon是大學開始積極接觸吉他外，三位家庭背景似乎都跟音樂有些關係。Hornet父母分別是大提琴手和鋼琴家；Luke爸爸年輕時是地下樂團成員；ＵＰ父母也是演藝界出身，哥哥又是ＧＭ主唱。」

四名成員點了點頭。

「這次ＵＰ參加金曲獎是不是很緊張？因為要跟哥哥的樂團爭奪獎項。」

「沒錯。Gas Mask是很棒的樂團，和他們競爭不容易。」范又昂謙虛回應。

「ＵＰ和Cosmos因為父母的關係，分開了好長一段時間吧？Cosmos回台灣後，有再和你聯絡嗎？」

「有，私下有見過幾次面。」范又昂想起昨晚跟哥哥的對話，不禁嘆氣。

「有不少新聞報導你們兄弟不和，先姑且不論這件事的真實性。現在你們兩人都是螢光幕上的人，可能能見面的機會又更少了。你還記得上一次你們私下見面時，說了什麼話嗎？」

「那麼如果有機會再和Cosmos見面，你會想跟他說什麼？」

范又昂捏了捏鼻子，嘴角不再上揚，他緩緩開口：「其實有點久了，我不是很記得。」

「我……」范又昂望著主持人的笑容瞬間說不出話。光是昨晚用電話交談就已經不曉得該說什麼，現在要他回答這個問題變得十分困難。

「ＵＰ，其實在知道ｄｐ要上節目時，我們製作單位還為你邀了一位特別來賓。」當主持人這麼說的時候，在場觀眾突然發出尖叫聲。

范又昂轉頭一看，只見沈超宇出現在錄影棚的入口處向群眾揮手。

「哥哥？」范又昂不禁驚訝地張大口，瞬間理解昨天沈超宇說的「明天再聊」的意思。

「好一陣子沒好好見上一面了，小又。」沈超宇露出微笑。

范又昂說不出話，只是微笑點頭。

「歡迎Cosmos來到我們節目現場，很少有機會看到兩人同台。來請坐。」主持人接著說：「ＵＰ應該是沒想到Cosmos會出現吧？」

「是。」范又昂點頭回應。

「那我來問一下，Cosmos，聽說你一開始不知道ＵＰ要出道的事，是真的嗎？」

「是，因為事實上我有一段時間待在美國，所以我們很少接觸，也許是因為這樣ＵＰ就不好意思跟我提出道的事。」沈超宇擺出客套的微笑。

「是這樣嗎？」主持人看向范又昂。

范又昂摸了摸脖子說：「部分原因算是。」

「喔！那聽起來像是還有其他原因囉？Cosmos大學是在台灣就讀，那段時間你們都沒有見面嗎？」

「沒見過幾次。」范又昂老實回答。

「Cosmos正式出道大約是大二的時候嘛。那麼為什麼沒常見面？有想過要搬回家住嗎？」

「因為有些因素，所以我沒打算回家住。」沈超宇瞥了一眼范又昂這麼回答。

「網路上有一些網友表示期待看到你們兄弟和解，甚至是同台表演，所以很抱歉我可能要問得直一點。是什麼因素讓Cosmos不想和弟弟跟母親同住？」

沈超宇嘆了口氣，沉默幾秒後說：「我感覺和母親他們格格不入，所以沒辦法回去。實際上，在我十五歲那年我曾經打電話回台灣，表示我不想待在美國，但是我母親和弟弟絲毫沒有半點表示。」

主持人對沈超宇突如其來的發言，瞪大眼睛問：「當時是怎樣的情況，你可以跟大家分享嗎？」

范又昂面露吃驚望著沈超宇，見他再次開口說：「我在美國一直過得很不好，父親有酗酒的習慣，而且酒品很差，有時候不滿就會動手動腳。」

聽到沈超宇爆料自己父親沈仁傑的事，觀眾席傳出陣陣私語。

「沒想到Cosmos有這一段不愉快的過去，這件事UP你知道嗎？」
「知道……」范又昂低頭回應，他清楚哥哥想說的是什麼。
其餘三名成員靜靜關注他們的發展，默不吭聲。
「那當初你有什麼反應？你母親呢？」主持人持續追問。即使她的語氣十分溫柔，但范又昂卻感覺到無形的壓迫感，更重要的是，他知道哥哥的目光一直鎖定在自己身上。
「我那時什麼也沒做，也不敢告訴母親這件事。」范又昂無助地老實回應。
「為什麼沒有說？」這次逼問他的人不是主持人，而是沈超宇。
「那時候是因為有些狀況……」范又昂話說一半又無法再開口，因為他不想把母親曾經服藥過多住進醫院的事情公開出來。
「什麼狀況？你的狀況會比我糟嗎？」沈超宇說著站起身，掀開衣服，露出側腹部上斗大的疤痕。錄影現場馬上又陷入一片譁然。
范又昂茫然地看著哥哥肚子上的疤，瞬間說不出話。他根本不知道沈超宇受過這麼嚴重的傷。
當主持人想開口詢問時，沈超宇自己繼續說：「這道疤是我爸喝醉酒給我劃傷的，那天我打電話求救，說我想要回家，結果小又卻直接掛斷電話。」
沈超宇已經不像是在和主持人說話，而是針對范又昂說的。
「我不是故意的，那時候是因為……我也有我的理由。」范又昂覺得自己的話聽起來只像是強辯。
「那你說，是什麼理由？」沈超宇眼眶泛紅逼問。

「我沒辦法說。」范又昂搖頭。

「不說就算了。」沈超宇再次起身，對主持人點了一下頭，「抱歉，我現在不方便繼續錄影。」

「我們先進一段廣告。」主持人擠出微笑對鏡頭說。

攝影機停止錄影，而沈超宇已經走到後台，他向導播道歉，並準備要離開。

「Cosmos，這可是Live節目，你不能說走就走。」阿湯哥上前勸說。

「我真的沒辦法再錄下去。」沈超宇露出抱歉的表情離開攝影棚。阿湯哥尾隨在後。

現場觀眾議論紛紛，不時瞄向仍留在台上的范又昂。

「UP哥，你沒事吧？」身為讓他上節目的始作俑者，Luke等人擔心詢問。

「我沒事。」范又昂搖了搖頭，但卻露出一臉茫然的眼神。

最後節目由主持人想辦法轉換話題，談論另外三人與家人的相處，以及出道前的辛酸史收尾。

錄影結束後，范又昂馬上打電話給沈超宇，想跟他解釋當時母親的狀況，但只收到電話答錄音。

「沒想到Cosmos有這一段不愉快的過去，這件事UP你知道嗎？」主持人的聲音在他腦海中迴盪。

范又昂使勁搓揉自己的額頭，他明白他並不算不知情，而是他總是不敢面對哥哥的痛苦，哥哥一直在忍耐，但他卻選擇逃避，視而不見。哥哥第一次返台時，手臂上出現的不明瘀青不就是最好的證明嗎？哥哥努力承受，但自己卻裝作沒看到，一直到哥哥忍受不了打電話回家求助時，自己卻選擇了最輕鬆的逃避方法。

第七章

贖罪與救贖

7-1

Dream Maker的辦公室裡，Roy和Dramatic Parade四名成員表情沉重地互相對望。范又昂看Roy長嘆一口氣，了解他生氣的對象就是自己。

「又昂。」Roy難得用本名稱呼他，想必事態真的很嚴重。

「是。」范又昂挺起肩膀等候責難。

「不要那麼緊張。」Roy再次嘆氣，「我知道你最近壓力很大，因為你和你哥之間的糾紛，嗯……該用糾紛來形容嗎？那是你們之間的事，我也不好過問，更不好妄下評論。我和你一樣家裡是單親家庭，多少了解你的難處，不過上回在Music Carnival，你們和對手只有一票之差，這樣很危險。畢竟Music Carnival找你們是因為相信Dramatic Parade能夠一直撐到最後，所以你們也要努力達成節目單位和粉絲的期待。」

「我知道，我真的很抱歉，那天比賽沒有進入狀況。」范又昂嘆氣。

Roy拿下眼鏡，按壓自己的雙眼，顯然相當疲倦。

「唱到一半突然落拍是很嚴重的錯誤，我知道比賽現場出現不理性的粉絲影響到你的表演，不過身為演藝人員，尤其是你們正當紅受到的輿論也會更多，這些我也不是沒經歷過。幸好對手也有失誤，加上評審也應該顧慮到你們的突發狀況，所以讓Dramatic Parade順利過關。」

那天Music Carnival節目現場，輪到Dramatic Parade表演時，突然有幾名瘋狂粉絲紛紛站起身舉牌抗議，要他們下台。

牌子上寫著『冷血漠視』、『不顧兄弟情』、『不配待在舞台上』、『滾出演藝圈』之類的激情字眼。站離舞台近的人甚至拿寶特瓶攻擊，同樣站在前排的Moon比較倒楣，被砸中額頭，演奏差點一度中止。最後整個現場變成大亂鬥，在保全人員將抗議的粉絲架走後，暴動才止息。

「我真的很抱歉，因為我的緣故出現很多負面的言論。」范又昂站起身對Roy和成員們道歉。

「別道歉了。我們都知道你沒有錯，況且我們還是有粉絲願意站在我們這裡，會相信你的人就會留下來，離開的早晚都會走。」Hornet拍拍他的肩膀安慰。

「當然有忠實粉絲是件好事，但話不能這麼講，因為你們就是要靠粉絲賺錢。」Roy又再次嘆氣。光是從談話開始到現在，不曉得他嘆了幾次氣。他每嘆一次氣，范又昂就深深感到慚愧，他明白對Roy來說Dramatic Parade就是實現未完夢想的途徑。

「因為上次的突發狀況，音樂狂歡節有意要停止後續的節目，但他們把主導權交到我們手上。又昂，我問你，你還想繼續唱嗎？還是要棄權？」Roy表情認真，看著他問。

「我……」范又昂望向自己的夥伴，深深嘆了口氣，「我不想這樣就放棄，可是不確定是否該繼續唱。」

「你到現在還沒跟你哥和解吧？」Roy突然這麼問。

范又昂點頭。他一直試圖要聯絡沈超宇，但對方似乎把他加入封鎖名單中，每次打過去都是無人接聽的語音信箱，就連他母親也連絡不上沈超宇。

「實際上我透過一些朋友，聽說了關於Music Carnival這次的特別企劃。」Roy語重心長地說。

「特別企劃？」Luke沉默許久總算開口。因為安排那次談話性節目的通告，讓他很在意，最近話也變少了。

「對，這次的比賽不只要比贏所有參賽組別，比完得到第一還沒結束，還會有特別嘉賓加場比賽。而節目單位找來的特別來賓很有可能就是Gas Mask。」

范又昂聽了雙眼不禁睜大。

「ＵＰ，如果可以藉這個機會和Cosmos同台，或許你還有機會再跟他說上話。我不是要故意給你施壓，是真心給你建議。與其輸贏，趁早解決你們兄弟之間的問題才是重點，沒有什麼緣分比血緣更珍貴了。我這句話只是給你參考，你好好想想吧。」Roy說完就離開會議室。

「ＵＰ真的不要有太多壓力，有太多壓力反而會有反效果，你只要以你喜歡的方式，放鬆表演就好。」Moon說。在他的額頭上還貼著紗布，被打傷的地方縫了三針。范又昂看了就覺得內疚。

「如果ＵＰ哥擔心再次和Cosmos競爭，就交給命運決定吧。盡力就好，拿第一就見面，沒拿第一就不用見面。不必太介意輸贏，一切隨緣。」Luke說。

「對，你只要盡力就好。有努力，粉絲都看得出來。」Hornet附和。

「別忘了，你是我們選出來的主唱，我們會支持我們的選擇。你就放心照你的想法去做就好。」

Moon輕敲他的肩膀，對他微笑。

「謝謝你們。」范又昂對他們露出感激的笑容。

#

知名樂團Dramatic Parade在獲得金曲獎最佳樂團獎後，因為主唱ＵＰ於《從心開始》節目上的發言，導致風波不斷，不僅網路上罵聲四起，就連先前被粉絲指控抄襲的事件又再次被提出。四名成員日前在Music Carnival音樂狂歡節現場表演時，慘遭Gas Mask的瘋狂粉絲抗議，因粉絲扔擲物體攻擊，使吉他手Moon額頭受傷，縫補了三針。關於此事，經紀公司表示暫且不要求粉絲賠償，團長Hornet在Facebook與微博上發布消息，懇請各位粉絲冷靜。

至於Gas Mask方面，僅團長與經紀人出面呼籲粉絲理性，並表示希望粉絲著重在雙方的音樂表現，並且強調Cosmos與ＵＰ同為兄弟，不應該因為節目上的發言而導致分裂，期許雙方有和解的可能。兩兄弟的父母在新聞截稿前尚未做出回應。以上是記者……

沈超宇躺在李思琦的大腿上，靜靜看著電視新聞。

「你不需要打電話給你弟嗎？」李思琦摸摸沈超宇的頭，柔聲問。

「我現在沒心情打電話給他。」沈超宇閉上眼睛。他知道弟弟現在過得很不好，他並不因此感到得意或幸災樂禍，但他就是沒有辦法再面對弟弟。

「他打了很多通電話給你吧？」

「嗯。」

「為什麼不聽他解釋呢？」

「他那時有認真聽我的痛苦嗎？」沈超宇轉身抱住她的腰。

「那時候你還小，你弟弟也很小，遇到這種事情，論誰也反應不過來。」李思琦心疼地拍拍他的肩膀。

「但是他們什麼也沒表示，不管是當時還是現在。要是那天不是因為我爸的朋友剛好來家裡，不然恐怕就沒人會送我去醫院。妳知道我住院時，都是一個人嗎？我爸跟醫生說是我貪玩弄傷自己，我怕他，所以當初不敢說出真相。我很害怕，住院十幾天，一直期待我媽和小又出現，希望他們帶我回台灣，可是……」沈超宇話說到一半哽咽說不出話。

「我可憐的波斯菊。」李思琦緊抱住沈超宇，沈超宇臉靠在她肚子上無聲流淚。

7-2

范又昂坐在沙發上，手握著水杯放空。

「阿又，你沒事吧？黑眼圈看起來很重。」Feather伸手輕拍范又昂的肩膀，他才回神。

隔了好長一段時間，Floating四名成員好不容易有機會四人相聚，考慮到范又昂是公眾人物，所以選在Jackson家聚會。

「只是最近有點失眠。」范又昂打了個呵欠。

「辛苦了，人紅是非多。」Jackson替他倒了杯飲料。

「小茹怎麼這麼晚還沒到？」Feather看了一下手錶。

「她傳訊息說臨時公司加班，要慢一個小時才會來。」Jackson回答。

范又昂也下意識打開手機。

「小茹有打給你嗎？」Jackson臉上浮現別有意味的笑容。

「沒有，怎麼了？」范又昂露出一臉被抓包的表情。

「我一直很好奇，你們兩個到底有沒有在交往？」Feather賊笑。

「沒有。」范又昂尷尬一笑，抓了抓頭。

「我之前聽她說，她公司有同事在追求她，再不積極點，不小心她就會被追走喔。」Jackson挑眉看著他。

范又昂沒說什麼，只是笑了笑。

這時樓下傳來門鈴聲。

「阿又，你下去開門吧。」Jackson笑著說。

范又昂走下樓，打開門正好看到游茹璇和一名騎機車的男人揮手道別。

「啊，是又昂啊。」游茹璇在送走騎士後，轉身看到他不禁面帶驚訝。

「對，Jackson叫我下樓開門。」范又昂尷尬搔搔頭，「上樓吧。」

「喔，小茹，一陣子沒見又變漂亮了，怪不得有人追。」Feather笑著，吹了一聲口哨。

游茹璇作勢要打人，接著說：「別鬧了啦。是因為今天公司有活動，所以才特別打扮過。」

「不過變漂亮是事實沒錯。」Jackson附和。

范又昂看著游茹璇的臉，發覺她看起來真的跟往常的打扮不太一樣。

「我的臉上有什麼東西嗎？」游茹璇摸了摸臉頰。

「沒什麼。」范又昂笑了笑，忍不住開口問：「剛才樓下……沒事。」話衝出口卻又收了回來。

「樓下？」Feather跟著追問，而游茹璇則是歪著頭一臉困惑，但見范又昂搖了搖頭也沒人再追問。

「小茹，妳今天也是讓阿又載妳回去吧？」聚會結束後，Jackson問。

游茹璇聽了看向范又昂，她感覺今天對方特別沉默，不禁感到有些距離感。

「我ＯＫ。」范又昂簡短回應。

和Jackson道別後，兩人乘機車離開。

「你還好吧？在音樂狂歡節發生那種突發狀況。」游茹璇問。

「嗯，勉強撐過去了。」范又昂堆起微笑，笑容維持不到一秒又消失。

「感覺你今天不太講話。」

「我有嗎？」

遇到紅燈，范又昂側頭望向游茹璇，抓了抓脖子又轉回正面。

「我怎麼了嗎？」游茹璇一臉茫然地問。

「妳今天真的打扮得很漂亮。」范又昂小聲回答。

「蛤？」

「可以陪我去學校河堤嗎？」

「現在嗎？」

「已經十點了，還是下次好了。」范又昂低頭看了一下手錶。

「沒關係，反正我平常上班也都在發呆，去一下沒問題。」游茹璇面露微笑。

「我們多久沒來河堤了？」游茹璇站在河堤上，望著河岸邊的橙黃色路燈。
「一年多？」范又昂走在她身後，此時河岸只有零星幾對情侶在散步。
「隔了快兩年囉。」游茹璇轉過身看他，露出不滿的表情。
「時間過太快，我都記不得了。」范又昂苦笑。
「那時候才剛通過金音獎DEMO海選沒多久。你當時曾跟我說過你害怕聽見自己的聲音，現在呢？」
「現在……」范又昂蹲下望著河面潺潺流水，「現在那個恐懼感好像又湧上來了。上回在音樂狂歡節演唱時，當粉絲打斷表演，我突然聽見當年哥哥向我求助的聲音，就連鼓聲也聽起來像是爸爸猛力敲門要追打哥哥一樣。不管我怎麼做，當年我逃避了哥哥的痛苦，這件事永遠都不會改變。」
「你哥哥當時才不過十幾來歲，但你也只是小孩。」游茹璇蹲在他身旁。
「我是小孩沒錯，但我已經懂得辨別是非，知道問題的輕重差異。我應該有更多可以幫助他的方法，可是我什麼也沒做。因為我實在是太害怕了，結果什麼也不敢做。」
游茹璇伸手輕拍他的背。
「哥哥知道我爸脾氣很差，但當初甚至連反對或是抗議也沒有，就讓爸爸把他帶去美國，我知道他其實是想留在台灣的，為了我才決定犧牲。然而他忍耐了這麼久，總算打電話回來求救時，我卻硬生生掛斷了他的電話，留他一個人在恐懼之中。」
「你好好跟他道歉，告訴他這些話了嗎？」

「還沒。在節目之後，我一直試圖聯絡他，可是卻聯絡不上。幾天前，我的經紀人跟我說，如果dp能在音樂狂歡節撐到最後，就有機會再和我哥同台。」

「什麼意思？」

「意思是節目單位也看準了我們，希望看到我們兩兄弟互相競爭，不管我們表現得有多差、多離譜，他們都會想盡辦法讓我贏，只為了可以衝刺收視率。這或許是一個機會能好好向我哥道歉，但我實在沒臉和我哥站在同一個舞台上。只剩兩場競賽，我不確定我究竟該前進還是後退。」

「你這樣想就不對了，或許節目單位真的想要製造話題，但如果你抱持這種半放棄的心態，那就太對不起堅持到現在的自己，還有你的團員，更對不起一直支持你的粉絲們。你值得站在舞台上，並不是因為你有話題，也不是因為你是誰的複製品，而是因為你就是你。」游茹璇語氣堅定。

「游茹璇……」范又昂凝視著她。

「每個人都有和兄弟姊妹吵架的經驗，你只是還不習慣罷了。有一點衝突未必不是件好事，至少你了解他在為什麼事情感到痛苦，而接下來你該做的不是貶低自己，更不是退縮，你要做的是認真面對你哥，認真面對你自己。我不記得我的偶像是這麼軟弱的人喔，別忘了我是你的頭號粉絲，你的藝名甚至是我取的，至少不要對不起我吧。」游茹璇伸手掐了一下他的肩膀，露出開朗的笑容。

范又昂伸手握住她的手，認真望著她。

「怎麼？我說的話太超過了嗎？」游茹璇回望著范又昂的臉，臉頰泛紅，伸出另一隻手想遮住自己的臉，但卻被范又昂抓住。

「不是，我只是想好好記住妳現在的表情。」

「難道我的表情很好笑嗎？」

「沒有，並不好笑。我很喜歡妳認真的表情。妳記得我跟妳說過為什麼會叫妳全名的原因嗎？」

游茹璇眨了眨眼，呆愣愣地點頭。

范又昂緊握住她的手，上半身靠向她接著問：「現在妳身邊有出現其他會給妳特別稱呼的人嗎？有對妳來說特別的人嗎？」

游茹璇羞赧垂下頭說：「有會開玩笑叫我全名的人，可、可是對我來說特……特別的人只有你。」

「那今天載妳的男生應該不是特別的人？」

「他只是同事而已，剛好順路才載我。」游茹璇突然意識到范又昂在Jackson家時想問的是什麼問題。

范又昂伸手摸了游茹璇的臉頰，感覺她的臉頰發燙。游茹璇順勢抬起頭看著他。

「我們可以不要再當朋友了嗎？」范又昂認真問。

「不當朋友，那應該當什、什麼？」

「妳是我遇過最聰明的人，應該知道我在說什麼。」范又昂說著靠向前吻了游茹璇的唇。

隔天一早，范又昂馬上打電話給Roy：「Roy，我決定要繼續參加音樂狂歡節。」

「什麼原因讓你突然下定決心了？」Roy半睡半醒，語帶驚訝地問。

「我決定只要還有一個d p的粉絲存在，我就會繼續唱下去。我會撐到最後，好好面對我哥。」

7-3

事過幾日又到了音樂狂歡節的錄影日期。來場的觀眾中，依舊不乏激動的粉絲們。與Dramatic Parade對戰的樂團表演結束，向觀眾敬禮致意。

「謝謝單細胞樂團的表演，接下來請另一組挑戰者上台。讓我們歡迎Dramatic Parade！」在主持人的呼聲下，Hornet帶領三名成員走上台。

舞台和觀眾席間相隔了兩公尺的距離，並且請來警衛站在台下警戒。自從上次的攻擊事件後，便是以這種模式進行。

底下傳來幾名粉絲的噓聲，而聲援的粉絲也不在少數。范又昂對舉牌支持的粉絲揮手表示感謝。

「ｄｐ挑戰至今，已經勝過九組樂團，面對第十組的挑戰，是否可以突破重圍呢？就讓我們來聆聽由Dramatic Parade帶來的〈渴望〉。」

Moon對著范又昂點了點頭，手用力向下一撥，電吉他立刻發出驚人的音量，隨後鼓聲急促傳來，鎮壓了台下觀眾的吵雜私語聲，全場瞬間一片安靜。

「現在，豎起你們的耳朵仔細聽好了！」范又昂握住麥克風發出極具爆發力的一聲嘶吼，台下支持粉絲開始尖叫呼應。

Luke和Moon站在一起，背對背彈奏，吉他和貝斯的聲音就像在競演一般急速帶動歌曲的節奏。而范又昂也不輸兩人，演唱的步調也隨之加快。在場聆聽的觀眾，忍不住跟著揮手搖擺，全身的脈動隨鼓聲節奏跳動，本來來場打算攪亂表演的粉絲也不得不安分。

鼓聲和范又昂渾厚的嗓音不斷交錯比拚，急促的節奏鼓動下勾動在場所有人的思緒，一瞬間粉絲的歡呼聲幾乎要蓋過他們的演奏。

Hornet用力敲響吊鈸，吊鈸的巨響下，樂音嘎然而止。台下瞬間被掌聲和歡呼聲淹沒。

「謝謝Dramatic Parade帶來的精彩演出，現在由評審進入評分階段。請兩組參賽者站在台前。」

范又昂站在同伴之間，舞台上燈光瞬間熄滅。他緊閉雙眼，感覺自己的心跳劇烈跳動，靜靜等待結果。

「究竟哪一組參賽者可以晉級，獲得第一的榮耀，請評審做出決定。」

評審按下手中的按鈕，背後的分數不停增加上升，隨著效果音響起，台下爆出雷鳴般的歡呼聲。

「恭喜Dramatic Parade成為本屆的優勝者！」主持人大聲宣布。

范又昂睜開眼睛，轉過身一看，他們的分數足足比競爭隊伍高出二十五分。若是僥倖，是不可能有這麼大的分數差距。

「太好了，我們辦到了！」Luke率先抱住范又昂的肩膀。

四人興奮擊掌，接著牽起彼此的手，向觀眾席敬禮答謝。舞台再次暗下，四人暫且撤場，搭著升降台回到舞台下方。舞台下的等待區，只有昏黃的燈光，和剛才刺眼的舞台亮度差距過大，導致范又昂雙眼不能適應。

「有在認真關注Music Carnival音樂狂歡節的朋友應該曉得這次的全新企劃。」舞台上主持人的聲音傳了過來，「在最終優勝者出來後，通常都會撒下紙片慶賀，但為什麼這次沒有呢？這是因為這次經過十場精彩的音樂競賽勝出的組別，將會和我們精心挑選的特別挑戰者，在戶外舞台進行最終三場主題式比賽，而本次的特別挑戰者也將會在今日公布。」

「要提到特別來賓了。」Luke小聲低語。

「請在這裡聽候指示待命。」

這時另一邊傳來女工作人員的聲音。接著是移動的腳步聲，以及輕撥弦的細微聲響。

另一邊就是傳說中的特別來賓了吧。或許真如Roy所說，這次真的要正式和哥哥站在舞台上競賽。范又昂在心中想著，內心開始感到緊張。

「在揭曉特別挑戰者前，首先讓我們再次歡迎本次十連勝的參賽者——」

升降台開始向上升起，范又昂不禁深吸了一口氣安定情緒。Hornet輕拍他的肩膀要他放鬆。

錄影棚刺眼的燈光讓好不容易適應黑暗的他不禁瞇起眼睛，一登上舞台，耳邊馬上傳來粉絲熱情的歡呼吶喊聲。他眨了眨眼，露出開朗的微笑向觀眾們揮手致意。

「大家應該相當熟悉了，現在登場的是本次競賽的勝出者，同時也是演藝圈急速竄紅的閃亮之星

——Dramatic Parade，由本名范又昂的主唱ＵＰ領銜參賽。

ＵＰ以清澈的嗓音、清新爽朗的外貌和創新的曲風，在網路上掀起熱潮，獨特的舞台魅力讓媒體讚譽他為音樂的魔術師。而他更為眾人所知的是，出身演藝世家，父親是知名金曲創作歌手沈仁傑，母親是前少女團體主唱范有蓉，哥哥更是當紅樂團Gas Mask的主唱Cosmos。

而今日在我們的Music Carnival 音樂狂歡節他即將對上的勁敵是——」

男主持人動作誇張地揮舞著手，指向舞台另一側，從升降台上出現四名男人，其中一人雙眼筆直望向范又昂。他冷淡的神情讓范又昂剎那間胃部感到一陣劇烈翻攪。就算是再熟悉不過的人，也事先已經猜到會有今日的結果，但范又昂還是不禁感到心悸不安，嘴角不自覺收起笑容。

「沒想到是真的，挑戰者竟然是……」Luke站在范又昂的身後，話才剛出口，台下觀眾從屏息注目中回神，爆炸般的呼叫聲響起遮蓋住他的話。

「登台的挑戰者就是Cosmos所領隊的Gas Mask，各位觀眾有福了，可親眼目睹這場兄弟廝殺，究竟這場對決將會由誰勝出？」主持人的口氣中充滿期盼，這讓范又昂內心愈加浮躁不安。

「小又，我們果真在舞台上相見了。」沈超宇露出一抹意味深長的微笑，眼神中卻滿懷著敵意。

『那我們約好了，一定要一起站上舞台。』

范又昂的腦海中，再次響起十幾年前和哥哥的約定。當初哥哥天真的笑容和現在對自己帶著埋怨的神情已經無法再聯想在一起。

說好了，不能再退縮，我已經逃避太久了。范又昂不斷在心中努力重複著堅定自己決心的話語，然而隔了一段時日再度碰上哥哥，好不容易下定的決心又不禁開始削弱。

「節目最後，公開下一場熱音競賽的比賽主題，第一場比賽的主題就是——」在主持人的引導下，舞台後方屏幕出現拉霸的畫面，好幾個詞語不停轉動，最後停留在『憤怒』二字。

「依照全新規則，參賽者必須在兩週後的比賽上，以全新未發表的自創曲表演，敬請期待。」主持人說完話後，一陣白色煙霧冒出來，在煙霧中升降台緩緩下降。舞台下工作人員打開燈光，范又昂目光朝向Gas Mask的方向望去。

「各位辛苦了。」Mask對工作人員微笑招手，而沈超宇則跟在他身後，絲毫不願意看他們一眼。

「UP，別去了，你哥他現在還沒辦法諒解你，你去只會再刺激起他的憤怒。」Moon在他耳邊小聲說。

范又昂停下腳步，默默看著哥哥離開。

#

房間外傳來細微的電視聲響。范又昂坐在床上，床邊撒滿了一張張只寫了開頭的曲子。

「憤怒這個主題，究竟該怎麼寫曲才好？」他低聲喃喃自語。在音樂狂歡節公開挑戰者後三天，范又昂一直是在紙堆裡入睡。

「在煩惱嗎？」Moon放下手中的書，望向他。

「對，說到憤怒這個主題，我哥應該比我更熟悉。」范又昂苦笑。

「你可能因為對你哥感到愧疚，所以忘記自己也該有憤怒的權利。你難道都不會生氣嗎？」

「這些事情確實是因我而起，我不曉得有沒有資格生氣。」范又昂搖了搖頭。

「我可是很生氣。因為八卦消息而讓我們的音樂被否定。」Moon抓起自己的吉他憤怒地撥彈了幾個節奏。

「我也很生氣，但是比起憤怒還有更多複雜的情緒。」

「憤怒本來就不是單一的情緒，它可能混雜很多種情感。憤怒也可以是悲傷、也可以是妒忌，甚至是羨慕、疑惑……有很多種，你不必被這個詞侷限。」

范又昂聽了他的話，拿起自己的吉他，輕快地刷了幾個音。Moon跟著打節拍，跳下床彈著吉他呼應，兩個人如同在互相比拚一般你來我往。

「我突然有想法了。」范又昂放下手中的吉他，一邊重複哼著剛才兩人彈奏的曲調一邊握住鉛筆在五線譜上開始標音。

「我覺得或許你在下一場表演該帶吉他上台，有樂器輔助可以讓你更專注。」Moon對他露出微笑。

范又昂愛惜地摸著懷裡吉他說：「我不確定，我很少用吉他表演，除了寫曲以外，我幾乎沒在使用它。」

「或許你該嘗試突破了。我還挺期待可以和你一起彈吉他。」

「你這麼看重我，我可是沒辦法給你什麼好處喔。」范又昂開玩笑地說。

「你只要別讓我再多打一個耳洞就行了，我的耳朵已經沒多餘的位置再記錄一次失敗。」Moon拉了拉自己的耳朵，笑著回應。

#

沈超宇坐在練團室的角落認真譜曲，腳邊已經累積好幾張紙稿，但卻始終沒有滿意的作品。

「Cosmos，該休息的時候還是要休息。你除了練團以外就一直在寫曲，加上又要準備新單曲，可別忘了還要保存體力上台表演。」Mask扔了一罐咖啡給他。現在時間尚早，整間練團室只有他們兩人。

「謝了。」沈超宇接過咖啡，放下筆休息。

「Cosmos，你還記得上一次巡迴演唱會你跟我說了什麼嗎？」Mask在他旁邊坐下。

「我不記得了，我說了什麼嗎？」沈超宇輕聲一笑。

「你跟我說，你好像沒那麼喜歡舞台，沒那麼喜歡音樂了。那麼現在呢？你還喜歡音樂嗎？」Mask一本正經地看著他。

「你在問什麼，沒看到我每天都很認真在寫曲嗎？你以前有看過我早上八點前就到練團室報到？」沈超宇皺眉看他。

Mask嘆了口氣說：「我知道，就連Poison和Doubt也對你現在的表現讚賞有加，可是你知道我認識你最久嗎？」

「當然，我們可是在Gas Mask成立前就認識了。」

「所以我應該是ＧＭ裡面最了解你的人，這點你不會否認吧。」

「的確是可以這麼說，畢竟Poison和Doubt他們年齡也和我差距比較大。」沈超宇搔了搔頭。

「我覺得自從ＵＰ出現後，你好像又找回動力，但那只是我一開始認為的，現在看起來又不是那麼一回事。」

「你想說什麼？」沈超宇一聽到弟弟的名字，表情瞬間陰沉。

「我沒有特別的意思，只是覺得你和以前還是不太一樣，以前Gas Mask剛成立時，你看起來開心多了。可是現在我只覺得你想要贏。」

「你難道不希望Gas Mask贏嗎？」沈超宇放下咖啡，表情又更加陰暗。

「我當然希望，可是比起贏，我更希望你可以好好享受音樂，適當的壓力沒有什麼不好，但過多了可能會害你迷失方向。」

「你什麼時候改行當心理輔導員了？」

「你難道沒感覺嗎？你現在就像是榨乾你的才能努力擠出音符，雖然結果不差，但也不是最好。」

「趙煜杰，你說這麼多，到底想說什麼？」沈超宇忍不住叫了他的全名。

「我沒有特別的意思，我只想告訴你，你的敵人不該是你弟弟，而是你自己。好好思考我的話吧。」Mask拍拍他的肩膀離開。

沈超宇看著他關上門，摸摸鼻子提筆打算繼續寫曲，但腦中滿是剛才Mask說過的話。他拿起放在一旁的紙稿翻了幾頁，輕聲哼了一下曲調，總覺得少了什麼，不管是哪一首都無法讓他感到滿意，一氣之下將整份厚厚一疊的稿子揉成一團。

他嘆了口氣向後一仰，躺在地板上望著天花板發呆。

「你說的我怎麼會不知道？但是要找回來，卻沒想像中容易。」

「那我們約好了，一定要一起站上舞台。」

小又，你又是怎麼看我的？沈超宇靜靜閉上眼睛，突然想起去美國錄製新專輯時，他父親沈仁傑對自己說的話。

「小又現在的樣子讓我想起以前的你。你的音樂沒有不好，但是少了靈魂。他被稱為音樂的魔術師不只是因為新聞媒體為了炒作，所以刻意選了和你的稱號相似的詞，而是因為他的音樂真的有種可以渲染人心的魅力，那正是你遺失的東西。」

「老爸，你折磨了我這麼多年，可你卻說了連我自己也無法察覺的問題。過了這麼久你才想要挽回，可是我的傷口從十一年前受傷那刻起，就不曾好過。」沈超宇緊抱住自己的肚子，彷彿肚子上的傷口又再次裂開，並且不斷擴大，就要將他整個人撕裂開來。

7-4

數以千計的粉絲聚集在福隆海水浴場的戶外看台下，背對著西沉的落日，橙黃色的光輝映照在舞台上。舞台燈光亮起，粉絲們發出歡呼聲。

主持人走上台，對台下觀眾揮手說：「各位引頸期盼了兩週，總算又到了Music Carnival音樂狂歡節的時間。現在我們兩組參賽者正在台下進行準備，在這段等待的時間，就由我來再次向各位說明本次特別企劃的規則……」

「已經開始了。」Luke對范又昂說道。

此時造型師正在幫他們的頭髮抹上造型液，做最後的打理。范又昂望著鏡子，從鏡中反射出坐在他身後的沈超宇一行人。沈超宇閉著眼睛，看起來像是在休息整理心情。

「這次是我們先上場。第二次輪到GM先表演，第三場則是用抽籤的。」Hornet說。

「UP，放鬆心情就好，這還只是第一場比賽，拿出實力就不會有問題。別忘了，站在舞台上你就是音樂的魔術師。」Moon笑著輕拍范又昂的肩膀，他才回神點了點頭。

「輪到Dramatic Parade上台。」化妝間外傳來副導播的聲音。

工作人員帶領他們就定位。

升降台緩緩上升，四周冒出一陣乾冰的煙霧。

「讓我們歡迎Dramatic Parade登場！」主持人高亢的聲音響起，現場粉絲尖叫聲不斷，蓋過部分發出噓聲的粉絲。

「ＵＰ，我來問一下，和哥哥Cosmos首次面對面競爭緊不緊張？」主持人露出一臉八卦的表情湊向前。

范又昂望向台下觀眾，他們全神貫注地注視著自己，使他感到不自在。他深吸了一口氣說：「當然緊張，ＧＭ是舞台上的專家，我們還有很多地方需要向他們學習。不管勝負，我們只求可以帶給觀眾一個奇幻的時間。」

「好，那麼廢話不多說，請四位就位。讓我們欣賞音樂的魔術師——Dramatic Parade為我們帶來的〈Struggling 掙扎〉。」

舞台上燈光暗下，吉他發出一聲嘹亮的獨響，燈光一亮，粉絲見到此時彈奏吉他的人是范又昂，興奮的尖叫聲不斷。

范又昂靠向麥克風以明亮的嗓音開唱，而Moon和Luke配合他的歌聲迅速勾弦、速彈。而Hornet則用力敲擊鼓邊，右腳踩著腳踏鈸打節奏。

Struggling for my life.
I don’t know why but just can’t stop anymore.
不去在乎別人冷漠的眼光，我就是我自己的傳說。
Thirst for liberty.
不論成功或失敗，我的人生由我自己掌握。

不管你們愛我、恨我。
The life is belong to me.
Struggling for my damn stupid life.

范又昂賣力演唱，粉絲隨著節奏跳躍，手中的七彩螢光棒在黑夜中映出彩色的殘影。遠處的海潮聲完全被樂音所覆蓋。

范又昂發出一聲極具爆發力的嘶吼，銀色彩帶飄舞而下，在鼓聲、鈸聲和弦音交雜中，結束演出。

主持人愣了幾秒才意識到表演結束，鼓掌走上舞台。

「難得看到如此激昂的演出，讓我一度忘記自己還在工作，這就是音樂魔術師的威力吧。」主持人露出微笑和台上四人交談。

舞台下，電視螢幕連線播放台上的狀況。

「反應似乎挺熱烈的。」Mask說著窺視了沈超宇的表情，但對方只是望著螢幕不發一語。

「那種歌我們又不是沒有，哪有什麼奇特的。」Poison酸了一句。

Mask聽了只是苦笑。

「Gas Mask，麻煩準備上台。」工作人員說。

沈超宇首先站起身走向升降台。

「現在歡迎下一組參賽者，音樂界的大魔法師——Gas Mask。」

粉絲一看到四人登台，發出比Dramatic Parade上台時，還要激烈的歡呼聲。范又昂等人回到舞台下方，都可以感覺到舞台因尖叫聲而微幅震動。

「UP辛苦了。不管結果怎樣，你表現得很好，粉絲們很喜歡。」Roy輕拍他的肩膀鼓勵。

「謝謝。」范又昂微微一笑目光又轉回休息室裡的電視螢幕。

「現在由Gas Mask為我們獻上新曲〈bluster咆哮〉。」

在主持人的號令下，舞台又陷入黑暗。隨著聚光燈亮起，Gas Mask四人猛然用力一跳。在粉絲熱情尖叫的同時，沈超宇身體向後仰發出狂野的咆哮聲。

You can't hear me screaming,
because you care for nothing.

I am tired of your excuse. What the hell do you want?
Shut up and say something new.
I hate… …

沈超宇唱到一半，忽然間聽不到自己的聲音，四周陷入寂靜。粉絲面露疑惑，而在場同伴的手仍在演奏，但他卻什麼也聽不見。

「發生了什麼事？」范又昂傾身向前，不安地盯著螢幕。

「為什麼Cosmos突然不唱了？」Luke跟著呼應。

待在舞台下的他們從螢幕上也馬上感覺到Gas Mask的表演出了異狀。

I cry out loud.
No matter what you think,
I cry out loud.

Mask以和音麥克風幫他接下去唱。

沈超宇注意到Mask幫自己代唱，耳朵瞬間又恢復自由，抓住麥克風跟著繼續演唱。

台下粉絲呼喊著加油，但沈超宇卻覺得內心被抽乾一般，只能死命地將聲音自喉嚨擠出。

Doubt急速敲打的鼓聲、Poison低沉渾厚的貝斯音、Mask高昂的弦聲，彷彿一絲絲細繩不停纏繞著他的脖子，讓他快要窒息。

Mask用力刷弦收尾，結束了Gas Mask的演出。粉絲依舊熱情大喊。

然而聽在沈超宇的耳裡，卻只感覺像是嘲弄般的笑聲。

主持人面露尷尬走上台，替他們美言幾句緩和現場氣氛。

沈超宇突然覺得自己又什麼也聽不到了。

范又昂不記得這一場Music Carnival音樂狂歡節的錄影是怎麼結束的。他只記得哥哥露出失神無助的表情，彷彿重現十一年前和他求助時驚恐的模樣。

Dramatic Parade輕鬆贏得了這次的比賽，而他們四人只有低調敬禮答謝。范又昂也並未因此感到開心。

新聞指出Gas Mask的經紀人表示Cosmos並非忘詞，而是身體不適。網路上關於整起事件的各種揣測如雨後春筍般出現，有人認定他忘詞，也有人認為是喉嚨發不出聲，然而實際狀況只有當事者了解。

「哥哥到底發生了什麼事？」范又昂看著手機發呆，打電話給沈超宇，但依舊是無人接聽。

位於宇瀚辦公大樓的一間辦公室裡，傳來嚴肅的交談聲。

「Cosmos，到底發生了什麼事，為什麼你突然停止唱歌？不會是真的因為忘詞吧？你必須給我一個理由，我才能向上頭交代。」阿湯哥質問。

沈超宇搔了搔頭沉默許久。其餘三名成員靜靜坐在一旁，默不吭聲。

阿湯哥長嘆一口氣，看著他說：「好不容易看到你又恢復動力，怎麼這次在音樂狂歡節卻出了狀況？」

「我應該只是太緊張，所以忘詞了。」沈超宇摸摸脖子，垂下頭說。

「緊張？但你已經不曉得上過多少個舞台了，比音樂狂歡節還要大的場子數也數不清，你會緊張？」阿湯哥一臉不信任。

沈超宇只是聳肩。阿湯哥盯著他看，不見對方有其他說詞，嘆了口氣，放棄等待。

「唉，好吧。我會跟上頭說你因為偏頭痛，所以突然失常。下次可沒有藉口再說你緊張了，知道吧？」阿湯哥說完後離開辦公室。

「走吧，給他一點時間靜一靜。」Mask拍拍另外兩人的肩膀，並轉頭看向沈超宇，「Cosmos，你如果想找人聊聊，我隨時奉陪。」

沈超宇低著頭不做回應。

Mask和Doubt先後離開，Poison腳步慢了下來轉頭看他。

「Cosmos，我以為你已經找回對音樂的熱誠，為什麼老是一再讓我們失望？」

「能的話，我也不想。」沈超宇嘆了口氣。

「我很怕ＧＭ再也回不到過去，你弟弟的出現還不夠刺激你嗎？多少粉絲為了你瘋狂，你感覺不到他們對你的期待？」

「唉，我知道，可是我就是沒辦法……」

「你知道我為了你特地在我們的粉絲專頁上製造流言，就是為了想要讓你恢復動力，可是你呢？我冒險為你做了那些事，而你卻沒有振作！」Poison握拳用力打向他的肩膀。

「那些留言是你寫的？你為什麼要這麼做？」沈超宇抓住他的手腕逼問。

「我希望可以激發你的動力，為了ＧＭ我放棄了到國外攻讀碩士的機會，要是ＧＭ完了，我也無路可走，只能流落到PUB幫別人伴奏。你知道嗎？ＧＭ不是只屬於你，也屬於我們。」Poison甩開他的手。

「你做這些事一點意義也沒有，為什麼要用這種卑鄙的手段？」沈超宇苦惱地看著他。

「你以為我想要做這種違背良心的事嗎？我幹這種下三濫的伎倆，就是為了要激發你該死的鬥志，而你呢？你做了什麼？你什麼也沒做，你放棄了機會、放棄了我們，放棄了我對你的期待。」Poison對他大吼轉身甩門離去。

沈超宇沉默看著Poison離開的背影，靜靜凝聽辦公室內空氣流動的聲音，他就是無法向人說自己竟然在舞台上聽不到聲音。他本以為上回巡迴演唱會上出現的耳鳴只是一時的情況，所幸當時出現異狀的時間很短，他也勉強憑記憶中的曲調帶過，但還是落拍了。

當弟弟范又昂出道威脅了他的地位時，這個狀況忽然消失，然而這次在音樂狂歡節表演，症狀卻又再次出現，而且更加嚴重。

「我到底是怎麼了？」沈超宇抱住頭放聲大叫。

#

Dramatic Parade待在練團室裡準備下一次的比賽，第二回合的主題是『悲傷』。四人聚集在一起討論該如何呈現，此時傳來敲門聲。

Luke上前開門，只見助理捧著一個大箱子站在門口。

「恭喜你們這次大獲全勝。這是這個月粉絲寄來的東西，整理好送來了。」

「這次的箱子好大喔。」Luke接過箱子得意地返回三人面前。

箱內依照指定送的人名或是集體送的分類成五個類別。

「不愧是我們當家小生，ＵＰ的袋子好大。」Hornet笑著說。

范又昂拿起自己那一袋，比起其他人，他的袋子似乎大上一倍。

「我只希望這次不會有太多負面的信。」范又昂苦笑。自從在節目上和沈超宇鬧翻後，收到了不少對方粉絲咒罵的信。

「說到寫信，你有試著寫給你哥嗎？經紀公司應該會幫你轉交。」Moon一邊拆開自己的信一邊建議。

「試過了，但沒有任何回應。」范又昂嘆氣。

「你一定是寫了自己的本名，所以他沒看就扔了。」Luke少根筋的發言馬上被Hornet用信封敲頭。

范又昂只是笑而不答。他確實只寫了自己的本名，他沒辦法用假造的名字寫信給哥哥，這樣就等於是欺騙，甚至可能會有反效果。

范又昂嘆氣，拿起一封淡藍色信封，上頭沒特別署名，拆開來看，本以為會收到咒罵的信，但是信紙上僅有類似女性秀麗的幾行字，其中一行還是地址。

「你好，我是沈超宇的朋友，我很擔心他最近的狀況，希望你能去看看他。我知道他絕對不是不想見你，請你幫他度過這次的難關。下面附上地址。」

怎麼回事？連他母親也不知道哥哥住在哪裡，這名自稱是友人的人卻知道。范又昂不曉得信件的真偽，更不知道寄信的人是誰，卻不由得想去試探看看，是否真的可以見到哥哥。

7-5

范又昂站在某間大樓樓下，反覆確認大樓的門牌。

「你一個人去沒問題嗎？」手機另一頭傳來游茹璇的聲音。

「嗯，放心好了。我不會有事。」范又昂一邊回答一邊看著手中的紙條。

「好吧。但是結束之後一定要打電話給我，知道嗎？」游茹璇再三叮嚀。

「嗯，我會馬上打給妳。」

「嗯……」游茹璇發出不安的聲音。

「游茹璇，聽到妳擔心我，讓我很高興。」范又昂笑出聲。

「笑什麼！我要掛斷電話了。」

「好啦，我已經到目的地了。回頭打電話給妳。」

兩人互相道別後，范又昂掛掉電話。現在在他面前的是一棟小康等級的公寓大廳，大廳分左右兩邊，依照門牌應該是左方的大樓，然而上樓卻需要刷卡才能打開大樓前的鐵門。

我按了門鈴哥哥會願意讓我上去嗎？范又昂心道，不安地按下門鈴。

「喂？」回答的人卻是一名女性。

「不好意思，請問是沈超宇的家嗎？」

范又昂正心想是不是詐騙時，大門門禁已經被解開。

「上來吧。他晚點才會到。」女人回答。

范又昂半信半疑走進大門，搭上電梯來到位於五樓的一間套房前按鈴。

來應門的是一個留著褐色長捲髮的女人，長相白皙、身材高瘦，看起來和沈超宇年齡差不多。

「你好，你就是沈又昂吧。」女人說。

「不好意思，我已經換姓了。」范又昂尷尬笑著。聽女人講起自己以前的名字讓他有些不習慣，然而這證明眼前的女人並不是看電視才知道他，因為新聞報導都會用范又昂這個十多年前改過的名字，或許這足以表示女人真的就是哥哥的朋友。

「抱歉，你先進來吧。」女人笑著說。

范又昂瞄了瞄套房內部，看起來像是女性的房間，怎樣都不像哥哥的家。因此他有些躑躅不前。

女人尷尬地笑了笑，開口說：「喔，這裡是我家，而我算是你哥哥的女朋友。我的名字是李思琦，是大他一歲的學姊。」

李思琦從門邊的包包拿出一張公司的名片遞給他。

范又昂點了點頭走進房間裡。

「請坐吧。」李思琦指向介於房間和廚房之間的一張小餐桌，並倒了杯茶放在他面前。

「謝謝。」范又昂接過茶，雙眼卻忍不住打量李思琦。

「突然被哥哥的女朋友叫來家裡很奇怪吧。」李思琦露出甜美的微笑。

范又昂不好意思地別過頭說：「沒有，我只是好奇哥哥喜歡怎樣的女孩子。」

「你覺得呢？」李思琦發出笑聲。

「年紀大的？抱歉我不擅長講這些。」范又昂尷尬地喝了口茶。

「我覺得你們長得挺像的。眼睛的部分。」李思琦面露親切的笑容。

「你覺得哥哥是什麼樣的人？」

「你是他弟弟，不是應該比我清楚嗎？」李思琦笑著說。

「我和哥哥很少見面，所以不清楚現在的他是怎樣的人。」范又昂露出愧疚的表情。

「嗯，我想想，他就像是幼稚的小鬼。」

范又昂聽了差點把茶噴出來。

「看似獨立，但其實很膽小，又很依賴人。」李思琦說著，眼睛跟著笑了起來。

「你們交往很久了嗎？」

「和GM出道的時間差不多。」

「妳為什麼會想要找我來？」

李思琦嘆了口氣說：「因為你不主動，他就會永遠走不出來。他就是這樣孩子氣的人，或許是因為如此，所以過去留下來的傷口才一直好不了。就算他一直拒絕你，但我看得出來，他其實還是很渴望家人。」

「但是他不肯給我好好道歉的機會，關於以前的事，還有很多我想講，卻一直逃避不說的事。」

「這件事我知道，我也曉得這成了他壓力的一部分。你知道他那天在Music Carnival為什麼突然無法唱歌嗎？因為他突然聽不清楚聲音了，醫生說是壓力造成的間歇性耳鳴，這情況已經持續很久，我也是直到最近才知道。他就是不肯面對自己的恐懼，這樣會毀了他。」李思琦嘆了口氣。

「那為什麼他不這麼跟媒體說？新聞都說是他忘詞，把他講得很難聽。」范又昂疑惑地問。

「他自尊心太高，不願意承認自己聽不到聲音。雖然只是間歇性的問題，但如果壓力源一直沒有解除，情況只會愈來愈糟。我認為過去你們之間發生的事情，應該要留給你們適當的空間和時間好好談談才對。我相信你是在乎他的，就跟他一樣。」

「我……」范又昂欲言又止。

這時門鈴突然響了。

「他來了，我去開門。」李思琦離開座位打開門。

范又昂背對門口聽見沈超宇的聲音，站起身轉過頭。

「為什麼他會在這裡？」沈超宇露出不悅的表情。

「別這樣，是我叫他來的。」李思琦握住沈超宇的手安撫。

「你來想做什麼？要來嘲笑我嗎？」沈超宇憤怒拍門。

「哥哥，我有話想對你說。」范又昂走向前。

「說什麼？你有真心把我當哥哥嗎！」沈超宇鬆開李思琦的手，上前捉住范又昂的衣領。

「我很抱歉，當年我沒有救你。但那時候……」范又昂一臉內疚地說道。

「你現在紅了才想來跟我說這些嗎？在那之前呢？為什麼一句話也沒說？」沈超宇依舊緊抓對方領口不放手。

「我也很怕，我很怕媽會……」

沈超宇不等他解釋，搶話道：「怕她把你送去美國跟我對調嗎？」

「不是，我不是這個意思。」范又昂用力搖頭。

「夠了。你也看到我上次出糗的蠢樣，想笑就笑，反正對你來說，我只不過是讓你打響知名度的跳板而已，你不必特地來這裡裝好人。也別幸災樂禍，下一場比賽我會澈底打敗你。」

沈超宇放下他，推著他的肩膀要把他趕出去。

「沈超宇，你讓他把話說完嘛。」李思琦好聲勸言，但沈超宇就是不願意聽。

「哥哥，你知道媽那時候得憂鬱症的事情嗎？」范又昂被推出門前努力喊出最後一句話，但門依舊被應聲關上，而他來不及穿的鞋子連同外套被扔出房外。

「沈超宇，你為什麼不讓他好好講話？」李思琦看著他嘆氣。

「我現在就是沒辦法面對他。」沈超宇露出一臉像是自尊心受傷的猛獸般可憐的表情。

「過來。」李思琦對他伸出手，他向前抱住李思琦，頭埋在她的肩膀上。

沈超宇握住她的手伸入自己衣服裡，放在自己側腹部的疤上，輕聲說：「我這裡最近愈來愈痛了，痛得我無法聽見自己的聲音，我站在舞台上不知所措。」

李思琦心疼地親吻他的唇，緊緊摟著他的肩膀柔聲說：「好吧，再多給你一些時間好好整理好心情。」

#

距離Music Carnival 音樂狂歡節第二場的比賽還有一週，這日星期天各家經紀公司的主戰力全數聚集在一起進行公益演唱，而Dramatic Parade和Gas Mask自然也沒有缺席。

范又昂在Dream Maker的眾位歌手間探頭搜尋宇瀚的藝人們，心想或許可以再遇到沈超宇。

「各位大明星，感謝大家參與本次的義演募款活動，等一下我們工作人員會發下號碼牌，依號碼順序輪番上場表演。謝謝各位的配合。」

「我們是第五位上台。」Hornet對三人說。

范又昂對他點了點頭，目光依舊飄向沈超宇，只見他輕拍耳朵，似乎在確認自己聽不聽得到聲音。

「你知道他那天在Music Carnival為什麼突然無法唱歌嗎？因為他突然聽不清楚聲音了。」

范又昂想起李思琦對自己說過的話，不禁感到擔心。

後台場控人員用麥克風和戴耳麥的首位表演藝人做音量測試。場控人員所在的場控室有著一扇面對舞台的大面窗，可以看見藝人上場的狀況。

「後兩位表演的組別請先就位預備。」工作人員拿起擴音器大喊。由於匯集太多的藝人，後台有些混亂。

「Cosmos，你今天身體狀況沒問題吧？」

范又昂耳邊聽到Mask的聲音。對方似乎真以為沈超宇是因為身體不適，所以上次才表現失常。

沈超宇點了點頭，臉轉向范又昂不說一句話。

范又昂擔心要是哥哥耳鳴的毛病又犯，不曉得這次還能不能瞞混過去。

「好，準備ＯＫ。」場控人員轉身向負責人點頭，其他工作人員關上場控室的門避免干擾。

眾家藝人輪番上場表演，一部分結束的藝人則前往另一處進行愛心捐款接線生的工作。等待上場表演的藝人依照順序坐在休息室等待，范又昂算了一下Gas Mask應該是在第十位上場表演。

沈超宇坐在團員間，時不時摸了摸自己的耳朵，表情有些不好看。

「Dramatic Parade，請準備。」工作人員進休息室叫號。

「是。」四人齊聲答應。

范又昂表演完後和團員返回休息室拿東西，卻見沈超宇不在休息室裡。

「ＵＰ哥，你在幹嘛？要去當接線生了。」Luke對他喊話。

「我……我肚子有點痛，晚點過去，幫我跟工作人員說一下。」范又昂說著走出休息室。

他找了廁所、走廊、後台，到處都尋不著沈超宇的身影，當他打算放棄時，聽到樓梯間傳來聲音。走上樓看只見哥哥正躲在樓梯間，腳邊落了兩包撕開的處方藥包。

「哥，這藥應該不是一次吃兩包的吧。你吃了這麼多？」范又昂撿起地上的藥包。

沈超宇看到他，露出驚訝的表情，隨即皺眉推開他，只落下一句「要你管」，就轉身離去。

范又昂不放心回到後台觀看螢幕上的狀況，這時Gas Mask已經全員上場。

「現在由Gas Mask為我們帶來表演〈Reality〉。」主持人說完話撤下，台下觀眾發出興奮的尖叫聲。

范又昂緊張地盯著螢幕，他明白為什麼哥哥選擇表演這首歌，因為這首歌的前奏特別長，他可以趁這段時間想辦法抓到拍子。沈超宇開口唱歌了，然而鏡頭裡，他依舊不停摸著耳朵，似乎連耳麥的聲音也聽不清楚。耳麥除了連接場控室，同樣也有收音現場的演奏，以防觀眾的聲音遮蔽演奏。

范又昂相當熟悉這首歌，也注意到哥哥有幾次不小心驚險慢了一兩個字。

不行，要是這次再出狀況就完了。范又昂心想著，於是起身衝進場控室。

「借我耳麥。」范又昂說完搶下場控人員的耳麥，開始跟著唱歌，同時伸手貼在大面窗上打起拍子。

現場工作人員一臉困惑地看著范又昂，不明白他在做什麼。

沈超宇雖然耳鳴聽不清楚聲音，然而弟弟的歌聲透過耳麥隱約傳入耳裡。他依著范又昂的歌聲一起歌唱，面露狐疑抬起頭，只見范又昂就在場控室，並且伸手拍打窗戶，每次將手壓上窗就正好是一拍，彷彿是在提醒自己節奏。

在范又昂的協助下，沈超宇的耳鳴一瞬間突然消失，他清楚地聽見弟弟的歌聲，兩人此時就像是在進行只有彼此才知道的合鳴。

這是沈超宇第一次認真聽弟弟的聲音，而內心深處陰暗的一部分似乎被撒入了一絲光芒，忽然間隱約想起遺忘了好些時日的東西，眼前所見瞬間變得明亮，耳朵清楚聽到同伴的演奏，彷彿音符化為實體，在整個舞台閃爍著光芒。這種感覺很熟悉，在他第一次感受到這種奇特幻象般的體驗時，便獲得了「音樂魔法師」的稱號。如今，這感覺又再次出現。

表演結束後，沈超宇鬆了一口氣對台下觀眾揮手致意。粉絲熱情的尖叫聲間，隱約聽見耳麥再次傳來范又昂的聲音：「哥，放你一個人，真的很對不起。」

范又昂幫助沈超宇度過表演的難關，然而那次公益表演結束後，Dramatic Parade又出現了不好的風聲。部分工作人員指稱范又昂在Gas Mask表演時，打攪工作人員作業。

第八章

約定

8-1

舞台上，藍色螢光閃爍，沈超宇站在舞台中央緊握麥克風，左手猛力向上一舉，使勁高唱帶開整首歌的亮點。

沈超宇不時靠向Mask和Poison，而兩人也跟著合音。鼓聲急促鼓動台下觀眾的心跳，當沈超宇嘶吼時，渾厚而充滿磁性的嗓音馬上引來粉絲尖叫。

「跟著我一起喊，Scream out loud！」沈超宇大喊一聲，所有觀眾跟著他呼喊。

沈超宇一邊高歌一邊轉圈跳躍，Mask看著他難得露出享受舞台的表情，不禁會心一笑，更加賣力彈奏吉他。

沈超宇看著台下粉絲熱情吶喊的陶醉表情，一瞬間感覺失去的東西又慢慢回到自己身上。一直以來，他所失去的就是努力把音樂傳達給他人的心意，以及用心體會粉絲回饋給自己的熱情，這些就是當初支持他認真創作的動力。他逐漸察覺到消失的魔法又開始恢復法力了。

范又昂待在舞台下聆聽哥哥的演唱，他依稀感覺到第一次聽Gas Mask表演時那種激昂的情緒，鼓動的心臟和顫抖的脈搏，體會到歌曲中帶有的悲憤和無奈，或許這就是哥哥想要傳達給他的話。

「小又，仔細聽好了。」

他低頭看了一眼手機畫面，寄件者是沈超宇。

「Dramatic Parade，請準備。」

范又昂等人聽從指示站上升降台。

在上台前那一剎那，他隱約瞥見沈超宇等人自另一頭的升降台下來，而沈超宇朝他看，嘴角微微揚起。

音樂狂歡節第二場比賽結束，Dramatic Parade四人疲憊地返回宿舍休息。

「好累喔，沒想到竟然以三分的差距輸給ＧＭ了。」Luke躺在沙發上打滾。

「只差三分對我來說倒是沒什麼感覺，畢竟對方還是國際級的團體。」Hornet表現得相當豁達。

「不過第三場的主題完全貫徹喜怒哀樂的方向，選了『狂喜』。一勝一負，第三場就會定生死了。」Moon說著看向范又昂，「你看起來挺開心的。」

范又昂只是微笑，什麼也沒說。

「ＵＰ，最後一場比賽，你想表演什麼？」Hornet問。

「最後一場，可以的話，我想要唱自己喜歡的歌就好，和你們一起站在舞台上就很開心了，不想去在意輸贏。」范又昂露出微笑。

三人互看了一眼，發出笑聲。

「本來Music Carnival就是看上你和你哥的八卦，所以找你們，你想做就去做吧。Roy也說過了，他不會強迫你這次的比賽一定要贏。」Moon輕拍他的肩膀。

「比起這個，如果你們能夠和好就好了。」Hornet說。

Luke聽了突然站起身向范又昂深深一鞠躬，大聲說：「UP哥，上次《從心開始》的節目是我請朋友安排的，本來是希望能幫助你們和解，沒想到反而愈弄愈糟，還害你被罵成臭頭，真的很對不起！」

范又昂走到他面前，將雙手放在他肩上，笑著說：「不用道歉，我反而慶幸上了節目，才能知道我哥的想法。被網友罵也是沒辦法的事，畢竟哥哥說的話也是真的。」

「總之最後一場比賽大家就好好享受舞台吧。畢竟有誰像我們一樣，出道不滿三年就一直搏版面呢？」Hornet笑著拍拍兩人的肩膀。

Moon走向三人伸出一隻手說：「雖然這樣有點老套，但我一直想試試看這麼做。」

「想不到Moon也有這麼幼稚的一面。」Luke笑著伸出手。

四人四手交疊大喊：「Dramatic Parade，加油、加油、加油！」

#

「各位觀眾，現在為您插播一則新聞。知名樂團Gas Mask今日下午於信義區微風廣場舉辦新單曲簽名會時，一名王姓男子假扮粉絲並拿出玻璃酒瓶攻擊主唱Cosmos頭部，導致簽名會中止，現場可見血跡斑斑。而Cosmos已被送往醫院接受治療。」
醫院門外停滿ＳＮＧ連線車，幾名記者站在大門口進行新聞報導。
櫃台護理人員忙於整理電腦文書，一名男子面戴口罩走向櫃檯問：「請問沈超宇的病房在哪裡？」
「沈超宇？很多記者都再問，但他的經紀公司表示，非家屬不能會見。」護理人員回覆。
男子嘆了口氣拉下口罩說：「我是他弟弟。」
護理人員見了瞪大眼睛，愣住幾秒後點了點頭，悄悄告訴他房號，還不忘跟他要一下簽名。
范又昂離開櫃台沒幾步就聽見背後傳來熟悉的聲音。
「麻煩告訴我沈超宇的病房。」
「小姐，非親屬不能進去。」
「我、可是我……」
范又昂轉頭發現是李思琦，於是上前握住她的手腕，並對護理人員說：「她是助理。」
李思琦認不出他是誰，只是一臉困惑地跟著走進電梯裡。
「太危險了，搞不好會有狗仔認出妳是緋聞女友。」范又昂在電梯門關上後，轉身拉下口罩。
「我看到新聞，簽名會桌上留下了一灘血，見了我怎麼可能不來？」李思琦雙眼泛紅。
「不過他身邊應該都是經紀公司的人，甚至可能會有記者，妳去見他很可能會被發現。」范又昂輕捏她的手背安撫。
「那我該怎麼辦？」李思琦一臉要哭出來的表情。

范又昂第一次見到她時，以為她是那種不會隨便在他人面前哭的女生，但似乎自己是想錯了。

「我去見見他，雖然我不確定他願不願意看我，但我會去試試。再看看能不能讓妳見到他。」

「好。」李思琦勉強露出微笑。

范又昂走出電梯，並要她先到樓梯間等候，自己則走到病房前。

幾個高大的保鑣擋在病房門口，見他戴口罩、形象可疑不讓他過。

「不好意思，我是那個……」范又昂尷尬望了望四周，有幾個人一直往他的方向瞧，不曉得究竟是不是記者，這讓他難以露出真面目。

「讓他進去吧。」一旁一位打扮花俏的男子開口。

范又昂愣了幾秒，認出他就是Gas Mask的團長Mask。

「進去吧。」Mask絲毫沒有遮掩，面帶微笑輕推他的肩膀，兩人一齊進房。

病房內聚集了幾個人，Gas Mask另外兩名團員、經紀人、助理和兩名警察。

「沈先生，詳細情況我們已經了解了，關於犯人的動機有進一步的發展會再聯絡您。」警察一邊作筆錄一邊說。

「他是誰？」經紀人阿湯哥看到面戴口罩的范又昂不禁皺眉問。

「是他弟弟。」Mask露出笑容。

本來準備要離開的警察忍不住拿出筆記本說：「可以順便幫我簽名嗎？我女兒是GM和dp的粉

絲。」

范又昂尷尬一笑接過筆記本簽名。

警察離開後，被警察擋住的沈超宇總算出現在他眼前。沈超宇左額頭貼了一塊大紗布，比起新聞聳動的標題，實際狀況似乎看起來好一些，這讓范又昂鬆了口氣。

「你還好吧？」范又昂脫下口罩低聲問，擔心哥哥會把他趕出去。

「我還好。」沈超宇靠在床上簡短回應。

「我們出去，把時間留給家屬吧。」Mask笑著輕推經紀人的肩膀，帶著一行人離開。

眾人出去後，病房裡只剩兩人。沈超宇緩緩開口說：「看起來不嚴重，對吧。」

「是比想像中好一點。」

「因為現場的血跡一部分是攻擊我的男人流的。他把酒瓶砸破割到自己的手，然後才攻擊我的頭，所以我不是被酒瓶打頭，而是被劃傷的。」

「縫了幾針？」

「比肚子的少四針。」沈超宇勉強擠出笑容。

范又昂看不出來他是在諷刺還是單純玩笑，只是搔了搔頭，沉默幾秒後說：「媽本來想衝來醫院，但她離開螢光幕太久了，記者肯定會抓住她不放，我就說我來查看就好，你有空發訊息給她吧。她很擔心你。」

「嗯。」沈超宇閉上眼睛，嘆了口氣說：「你還有什麼話想跟我說嗎？」

「嗯？」

「上次你沒把話講完吧。李思琦那傢伙因為這件事吵了我好幾天。」

范又昂難易置信地摸了摸脖子，猶豫半晌後說：「我很高興你願意聽我說話。不過現在有個人很需要見你。」

沈超宇從范又昂口中得知李思琦來到醫院，於是想辦法請Mask把門外的人支開，偷偷溜出病房。

「沈超宇？」李思琦坐在樓梯台階上，看到他出現急忙衝下樓梯。

「好好的怎麼會被人弄傷？」李思琦摸著他的臉頰，忍不住哭出聲。

「噓、噓，乖。妳看我不是沒事嗎？」沈超宇抱著她的肩膀安撫。

李思琦把臉埋在他胸前大哭，手緊抓著他的衣服不放。

范又昂看她哭得像個小孩，不禁心想：雖然李思琦跟自己說沈超宇像是小孩，但實際上遇到這樣的意外，她也不得不露出孩子般無助的一面。

「謝謝。」沈超宇望著范又昂無聲道謝。

范又昂只是笑了笑。他突然明白，哥哥十幾年來的人生中空缺了溫暖，一直等到遇到李思琦才讓他第一次找到依靠。看著他們，范又昂對李思琦不禁充滿感謝。

范又昂悄悄轉身準備留給他們兩人空間，這時沈超宇開口：「小又，還沒說完的話，我會抽空好好聽你說。」

「好，我等你。」范又昂露出微笑後離開。

8-2

關於Gas Mask粉絲攻擊事件有了新的進展，犯人指稱自己是Dramatic Parade的粉絲，因為對Gas Mask心懷不滿，加上喝了點酒，因此犯下大錯。對於這番說詞警方仍在進行調查，而Dramatic Parade的經紀公司Dream Maker則公開表示此次意外純屬粉絲個人行為，除了提醒粉絲保持理智外，更希望輿論不要將此事歸咎於Dramatic Parade身上，並終結兩團的紛爭。

范又昂盯著電視螢幕發呆，游茹璇坐在他旁邊輕拍他的肩膀。兩人現在待在游茹璇的公寓裡，再過幾天就是決賽的日子。

「明明就跟你們無關，那個鬧事的人只是想惹出糾紛罷了。」

「我哥傳簡訊要我明天和他見面，把話說清楚。」范又昂盯著手機畫面。現在對他來說，新聞怎麼評論他已經不是什麼重要的事了。

「真的？」

「之前答應妳贏了金音獎就要和哥哥好好聊一聊，沒想到拖到現在。」范又昂苦笑。

「謝謝妳不放棄找我加入樂團，謝謝妳一直支持我。」

「妳在我身邊我就很滿足了。」范又昂上半身靠向前親吻她的臉頰，

「在、在說什麼？我也沒做什麼了不起的事。」游茹璇雙頰發紅。

「嗯，一直以來謝謝妳。」范又昂握住她的手，感激地看著她。

「總比一直都沒有採取行動好吧。」

#

范又昂站在舊家附近的公園，望著在鞦韆玩耍的兩個孩子，回想著過去的回憶發呆。

「小又，別玩了，再晚外婆會罵。最近爸媽吵架，外婆心情也不好，別讓她生氣。」沈超宇對著弟弟皺眉，才不過十幾歲，就露出小大人般的表情。

「可是我還想再玩一下嘛。」沈又昂坐在鞦韆上向後退，往前搖擺，「哥哥，幫我推一下。」

沈超宇嘆了口氣說：「就再一下子喔。」他走到弟弟身後，輕輕推著他的背，兩人嘻笑打鬧。

「小又，你來了？」沈超宇緩緩從公園入口走向范又昂，此時他戴著一頂鴨舌帽。

「傷口還好嗎？」范又昂從記憶中回神，擔心地望著哥哥的額頭。

「好多了。」沈超宇掀開帽子，疤痕已經結痂。

「哥，你還記得以前我們常常偷跑到公園玩嗎？」

「記得。」沈超宇說著露出微笑。

「如果我們一開始沒有分開的話，現在還是會像他們一樣吧。」范又昂指著一起玩耍的小孩。

「事情都已經過去了，追究那些不可能的假設有什麼用。」沈超宇嘆氣，在他身旁坐下。

「媽在和爸離婚後，消沉了好長一段時間。」

「你上次說了，是憂鬱症嗎？」

范又昂點點頭，接著說：「我知道我這麼說很過分，但是當時你打電話給我的前幾天，我半夜睡不著，聽見廚房有聲音，走出房間一看，只見媽媽倒臥在地，旁邊灑了一地的藥丸。我不知道該怎麼辦，打電話給外婆，不曉得等了多久，只聽到屋外傳來救護車的聲音。一群人把媽媽帶走，我一個人被留在家裡，不知道該怎麼辦。」

「有這件事？」沈超宇茫然地望著他。

「這件事因為媽媽的經紀人介入，所以才沒有把事情鬧大。」

「那時候你打來時，媽媽的經紀人正好要來接我去醫院看媽，她在醫院洗胃，昏迷了三天才醒來。當時的事情嚇到我，我不敢再跟她提起關於爸爸的事。」

「你可以早一點告訴我這些事。」沈超宇看著他嘆氣。

「我覺得不管當時的情況如何，我確實是忽視了你的痛苦，這讓我沒有理由再說。但是我希望能夠有機會解釋，不是要你原諒我，只是希望能夠有機會挽回本來擁有的，能像過去一樣。」范又昂自責地低頭緊握著雙手。

「小又，你聽思琦說了吧。我得了間歇性耳鳴的事情，大約在兩年前，我開始感覺自己不大對勁，本來以為只是感冒，但情況愈來愈嚴重，一直到第一次Music Carnival比賽時，我突然什麼都聽不到。醫生跟我說是心理影響的。我一直把音樂當成我的一切，然而當Gas Mask的發展已經到了極限，我突然覺得失去目標。或許是因為這件事，我忍不住把問題拋向過去，爸當時給我的傷害、你們給我的陰影。」

「我真的很抱歉，我不知道你當時受了這麼大的傷。」

「我想說就算告訴你們，也不會有人在意。我住在醫院等待了好久，一直等、一直期望你們出現帶我回去。你當時還小，我不能怪你，然而我努力回到台灣後，希望重回過去的歸屬，但卻只從你們身上感覺到距離感，彷彿我和你們不是同一邊的人，這讓我很受傷，彷彿到頭來，我始終是一個人。」沈超宇回想過去，臉上再次浮現和幼時一樣不安的神情。

「我真的很對不起你，因為我逃避自己的罪惡感、逃避對你的傷害。當我發現自己的聲音愈來愈像你，讓我想起當時那通被我掛斷的電話，那時起我開始連自己喜愛的唱歌也逃避了，直到一個重要的朋友點醒我，我發現自己多麼軟弱，竟然因為自己的內疚把你隔絕在外。」范又昂仰頭正視哥哥。

「我也是思琦提醒我，我才注意到自己只是無謂地拒絕給你解釋的機會。老實說，我看到你熱愛音樂的模樣，就好像看到以前的自己，突然間對你感到有敵意，對你的敵意變成我創作的糧食，為了贏過你，我沒日沒夜不停作曲，但耳鳴的現象卻變本加厲。在公益演唱那次，我明白自己有多愚蠢，再怎麼說，你都是我弟弟，又怎麼會害我？我真正需要的不是新的競爭者，而是重新認識自己，找回最初舞台上的感動，而上回的比賽那感覺又再次回來。」

「我曾經試過找你，有一次在你們附近錄影，那時聽到你和一個來賓的對話，你說你不認識我這個弟弟，我太膽小，竟然就放棄和你對話的機會。」

「我那時因為公司和自己的事，加上媒體的壓力，所以和那個沒事找碴的人說了氣話，把氣出在你身上。難怪思琦老說我孩子氣。」沈超宇露出苦澀的微笑。

「她也對我說過了。」范又昂會心一笑，「她是個好女孩，你要好好珍惜。」

「我會。」沈超宇回以微笑。

「我很抱歉沒有在第一時間告訴你我加入Dream Maker的事。我們是兄弟，不該有所隱瞞。」

「我們都有錯。我一度相信了輿論和媒體誇大的說法。我的壓力讓我對你產生敵意，這實在太蠢了！我們是兄弟，媒體會比我們更了解彼此嗎？我竟然讓他們牽著鼻子走。」

「我也是，一時意氣用事，對你說了一些反諷的話。我很珍惜Dramatic Parade，但我也很尊敬你，Gas Mask一直是我崇拜的目標。你有什麼難關，我希望都能幫助你度過，這次我不會再拋下你。」

「你也已經走出自己的路，不再是以前那個跟在我身後跑的跟屁蟲了。」沈超宇用拳頭輕敲他的肩膀，「我還沒完全原諒你，最後一場比賽，我不會放水。」

「我知道，最後一場比賽我也會卯足全力，你要認真聽了。」范又昂露出兒時般天真的微笑。

沈超宇望著弟弟的笑容，一瞬間彷彿回到十一年前那間冰冷的醫院，看見一雙手伸向過去那個內心受創的自己，抱住自己說：「我來接你了，一切都會沒事。」

8-3

Music Carnival音樂狂歡節最後一場比賽，福隆海水浴場一早就聚集了滿滿的人潮，不少人搶著佔據舞台最前方的位置，每個人都在討論究竟誰會在最後一場比賽中勝出，贏得最終冠軍的頭銜。

「最後一場比賽，請妳一定要來」

李思琦盯著手機簡訊，站在人群之中，不曉得自己的男友想玩什麼把戲。

夕陽西沉，舞台燈光亮起，最終決賽正式揭開序幕。

「歡迎各位來到Music Carnival音樂狂歡節的決賽，目前分數是一比一，究竟誰會獲得最終的勝利，成為本屆的大贏家呢？先有請參賽者Dramatic Parade來發表一下現在是什麼心情？」主持人說著，直接將麥克風湊到范又昂的眼前。

「我很榮幸能參加這次的比賽，可以和哥哥同台飆唱，同時也有所成長就是最大的收穫，不管最後勝負如何，都值得慶祝。」范又昂面露感激的微笑，看向台下觀眾。

「謝謝ＵＰ，接下來問一下我們的挑戰者，Cosmos現在心情怎樣？」主持人走向另一端。

「我很感謝因為ＵＰ而有這次參賽的機會，Gas Mask出道邁入第七年，我重新在這次的比賽中了解我對音樂的熱愛，以及珍惜愛我的人，謝謝你們。」沈超宇露出燦爛的笑容，不再像先前那般銳利帶刺的神情。

「本次比賽順序以公平抽籤的方式決定，就由我來為大家抽支籤。」主持人從助理手中抽了一支籤，抽中了Gas Mask。

「針對這次的主題『狂喜』，Gas Mask究竟會給我們帶來怎樣的音樂饗宴呢？請ＧＭ準備。」

Dramatic Parade四人退到後方，讓Gas Mask先開唱。沈超宇站到舞台前方，舞台燈光聚集在他們四人身上，他回頭對弟弟露出笑容。范又昂以唇形說了句「加油」。

沈超宇點頭回應，握住麥克風看向台下觀眾，以迷人的笑容說：「這些日子我們經歷了許多挑戰，而我也一直在努力面對自己的考驗，謝謝所有一直支持我的人。今天，我們要表演的歌是〈My Dear〉，獻給我愛的人，以及在場的你們。」

話剛結束，粉絲開始放聲尖叫支持。

Doubt輕敲著鈸，Mask和Poison背靠背演奏，沈超宇對夥伴們露出微笑，開始歌唱：

Shout out loud!
I want to shout out loud,
that everyone know I love you so much.

Fall in love sounds nonsense before I met you.
You are my everything.
I'm crazy for you,
when I saw you in the first time.

台下粉絲隨著歌聲搖擺，高聲呼喊的同時不忘拍手打節奏，而沈超宇的目光始終只注視著人群中唯一人。

My soul is completed when I fall in love with you.
I love you for no reason.
You are my only one.

I just want to sing a song for you,
Every word I wrote is all for you.
But all the words are not enough to describe how much I love you.
I want you to know you are my only true love.

My dear you are the joy in my life.
Love you make me crazy.
Shout out loud!
I want to shout out loud,
that everyone know I love you so much.

沈超宇從人海中注視著李思琦，對她露出微笑。歌曲進行到尾聲，他緊握麥克風，對著人群呼喊：

「My dear, would you marry me?」

粉絲們還不清楚狀況，只當是歌詞的一部分，大聲尖叫。在人群的縫隙中，李思琦緊盯著他，感動地摀住嘴點了點頭。

范又昂隱約曉得發生了什麼事，不禁會心一笑。

主持人面帶微笑向前說：「謝謝Gas Mask精彩的演出和告白，想必台下所有粉絲都忍不住衝上台大喊願意了吧。接下來時間交給Dramatic Parade，面對Gas Mask的演唱，Dramatic Parad將如何接招？」

在燈光投射在身上的瞬間，范又昂抬起頭望著台下所有觀眾，露出溫柔的笑容說：「我知道不是所有人都喜歡我、喜歡我們的歌，但我今天只想把這首歌獻給所有愛我，以及我愛的人，謝謝你們一直給我勇氣，請聽我唱這首歌——〈Dreamer〉。」

在范又昂說完話的同時，小提琴聲傳來，後方燈光一亮，Hornet難得不是以爵士鼓表演，而拿起電子小提琴。小提琴伴著吉他、貝斯，三種不同樂器的弦音彼此纏繞，迸發出獨特的搖滾奇想，洋溢出如魔術般繽紛的旋律。

范又昂深吸一口氣，閉上雙眼開口唱：

No matter what you say,
I can't stop laughing.
I am falling down down down in my dream.

Non non non stop anymore.
No no no no one can stop me.

I will catch my dream.
No no no one can stop me from raising my hands higher higher,
And cry out my crazy, stupid and happy dream.

范又昂忍不住在舞台上邊唱邊跳，粉絲也跟著曲調的旋律跳躍，搖擺身體，不時發出興奮的尖叫聲。

Come with me in this crazy crazy world.
Shout louder louder make everyone see me.
No no no one can stop me from raising my hands higher higher,
And cry out my crazy, stupid and happy dream.

演唱結束現場粉絲放聲尖叫鼓掌。

「ｄｐ！ｄｐ！ｄｐ！」粉絲們不停呼叫。

范又昂抹去額頭上的汗水對夥伴們露出微笑。

「太精采了，感謝Dramatic Parade的演出，這次兩組樂團都表現得相當傑出。請兩組樂團上前，稍待片刻，等候評審評分。」主持人鼓掌上台。

范又昂和沈超宇分別站在左右兩邊，聚光燈照在兩人身上。

「究竟本次Music Carnival挑戰賽勝出的是哪一組樂團呢？」

兩組樂團身後的數字不停向上攀升。

「哥。」范又昂看向一旁，伸手握住沈超宇的手，露出微笑，「我們遵守了一起站上舞台的約定。我很高興，總算可以和你並肩站在舞台上了。」

沈超宇望著他，發自內心露出燦爛的笑容。

要青春12　PG1639

要有光
FIAT LUX

搖滾戀習曲

作　　者	朱　夏
責任編輯	徐佑驊
圖文排版	周妤靜
封面設計	王嵩賀

出版策劃	要有光
製作發行	秀威資訊科技股份有限公司 114 台北市內湖區瑞光路76巷65號1樓 電話：+886-2-2796-3638　傳真：+886-2-2796-1377 服務信箱：service@showwe.com.tw http://www.showwe.com.tw
郵政劃撥	19563868　戶名：秀威資訊科技股份有限公司
展售門市	國家書店【松江門市】 104 台北市中山區松江路209號1樓 電話：+886-2-2518-0207　傳真：+886-2-2518-0778
網路訂購	秀威網路書店：http://www.bodbooks.com.tw 國家網路書店：http://www.govbooks.com.tw
法律顧問	毛國樑　律師
總 經 銷	易可數位行銷股份有限公司 地址：231新北市新店區寶橋路235巷6弄3號5樓 電話：+886-2-8911-0825　傳真：+886-2-8911-0801 e-mail：book-info@ecorebooks.com 易可部落格：http://ecorebooks.pixnet.net/blog

出版日期	2017年1月　BOD一版
定　　價	280元

國家圖書館出版品預行編目

搖滾戀習曲 / 朱夏著. -- 一版. -- 臺北市 : 要有光, 2017.01

面； 公分

BOD版

ISBN 978-986-93567-5-6(平裝)

857.7 105020228

讀者回函卡

感謝您購買本書，為提升服務品質，請填妥以下資料，將讀者回函卡直接寄回或傳真本公司，收到您的寶貴意見後，我們會收藏記錄及檢討，謝謝！如您需要了解本公司最新出版書目、購書優惠或企劃活動，歡迎您上網查詢或下載相關資料：http:// www.showwe.com.tw

您購買的書名：________________________________

出生日期：________年________月________日

學歷：□高中（含）以下　□大專　□研究所（含）以上

職業：□製造業　□金融業　□資訊業　□軍警　□傳播業　□自由業

□服務業　□公務員　□教職　□學生　□家管　□其它_____

購書地點：□網路書店　□實體書店　□書展　□郵購　□贈閱　□其他

您從何得知本書的消息？

□網路書店　□實體書店　□網路搜尋　□電子報　□書訊　□雜誌

□傳播媒體　□親友推薦　□網站推薦　□部落格　□其他__________

您對本書的評價：（請填代號　1.非常滿意　2.滿意　3.尚可　4.再改進）

封面設計____　版面編排____　內容____　文／譯筆____　價格____

讀完書後您覺得：

□很有收穫　□有收穫　□收穫不多　□沒收穫

對我們的建議：________________________________

____

____

____

請貼
郵票

11466
台北市內湖區瑞光路 76 巷 65 號 1 樓

秀威資訊科技股份有限公司 收

BOD 數位出版事業部

(請沿線對折寄回，謝謝！)

姓　　名：________________　年齡：________　性別：□女　□男

郵遞區號：□□□□□

地　　址：____

聯絡電話：(日)________________　(夜)________________

E-mail：____